지구 생물체는 항복하라

지구 생물체는 항복하라

정보라 연작소설집

래빗홀
RABBIT HOLE

차례

문어   7

대게   47

상어   91

개복치   139

해파리   181

고래   215

작가의 말   254

참고 문헌   267

문어

"그걸 대체 왜 먹었습니까?"

"아니 그냥, 잠결에 이렇게 보니까 뭐가 여기로 오고 있어서……."

"그렇다고 뭔지도 모르고 그걸 먹어요?"

"뭔지도 모르긴요, 문어잖아요……."

"무슨 근거로 그게 문어라고 확신했습니까? 잠결이었다면서요?"

"그냥, 딱 보니까 문어같이 생겼던데……."

"그렇다고 그걸 먹습니까? 대학교 건물 복도에 문어가 돌아다니는 게 이상하다는 생각 안 해봤어요?"

"아니 그러니까 계속 말씀드렸잖아요, 잠결에 이렇게 보니까 문어 같았다고……."

벌써 한 시간째 똑같은 대화가 되풀이되고 있었다. 어쩌면 두 시간째인지도 모른다. 잡혀 왔을 때 제일 먼저 소지품부터 다 뺏겼기 때문에 시계도 없고 휴대전화도 없고 심지어 안경도 뺏겼다. 그래서 나는 눈앞도 잘 안 보이는 상태에서 위원장님하고 흐릿한 검은 덩어리처럼 보이는 정장 입은 사람이 똑같은 대화를 계속 되풀이하는 것을 옆에서 초점 없는 근시안으로 멀거니 지켜보고 있어야 했다. 안 그래도 초점 안 맞는 눈에서 점점 더 영혼이 빠져나가고 있던 차에 위원장님이 자기도 의도하지 않은 폭탄을 던졌다.

"근데 그 문어가 한 마리가 아니더라고요. 최소 두 마리고 안에 또 뭐가 들었던데……."

"뭐라고요?"

검은 정장 입은 사람이 긴장했다. 정확히 말하면 얼굴이 안 보이니까 실제로 긴장했는지 확신하긴 좀 힘들지만 목소리는 명확하게 날카로워졌다.

"그걸 어떻게 압니까?"

"에?"

위원장님이 불분명하게 되물었다. 검은 정장 입은 사람의 목소리가 한층 더 날카로워졌다.

"그걸 어떻게 아셨냐고요? 한 마리인지 두 마리인지?"

"먹어봤으니까 알죠……."

위원장님이 우물우물 대답했다.

"한 놈은 싱싱하지만 엄청나게 질기고 다른 한 놈은 물렁물렁하니 맛이 갔던데요……. 그런데 안에 이상하게 딱딱한 게 들어 있고……."

"어떻게 했습니까?"

"에?"

위원장님이 또 되물었다. 안경을 쓰지 않았는데도 검은 정장 입은 사람의 표정이 짜증으로 일그러지는 것이 보였다. 위원장님은 일부러 자꾸 되묻는 것이 틀림없었다.

"안에 딱딱한 게 들어 있다고 하셨잖아요. 그거 어떻게 하셨냐고요."

검은 정장 입은 사람이 거의 비명 지르듯이 물었다. 위원장님이 다시 우물우물 대답했다.

"먹다 말았죠, 딱딱한데……."

"그럼 그거 지금 어디 있습니까?"

검은 정장 입은 사람이 물었다.

"모르죠, 먹다 말았는데······."

"먹다 말고 어떻게 했냐고요?"

"아니 그러니까 먹다 말아서······."

다시 같은 대화가 다람쥐 쳇바퀴 돌듯이 되풀이되고 있었다. 견디지 못하고 내가 모기만 한 소리로 끼어들었다.

"그거 제가 치웠는데요······."

검은 정장 입은 사람의 시선이 돌연히 나에게 향했다. 위원장님도 덩달아 고개를 돌려 나를 보고는 흠칫 놀랐다. 마치 내가 거기 있다는 사실을 처음으로 깨달은 것 같았다.

"치웠다니? 버렸습니까?"

검은 정장 입은 사람이 불길하게 냉정하고 차분한 목소리로 물었다.

"아뇨······. 음식물 쓰레기니까 따로 버리려고······ 냄비 가져다가······ 그랬는데······. 하필 그때 다들 오셔가지구······."

나는 횡설수설 웅얼거렸다. 여기서 '다들'은 검은 정장 입은 사람을 포함한 정부 요원들을 지칭하는 단어였다. 그러나 그들이 누구인지 정확히 알지 못했으므로 나는 손가락으로 방 안을 모호하게 가리켰다.

"그 냄비 지금 어딨습니까?"

검은 정장 입은 사람이 거의 들리지 않을 정도로 낮은 목소리로 물었다.

"농성 천막 안에…… 아마 그대로 있을 거예요……. 누구 다른 사람이 치우지 않았으면……."

내 말이 채 끝나기 전에 검은 정장 입은 사람이 벽에 붙은 이중 거울을 손으로 톡톡 두드렸다. 전화기를 꺼냈다. 어딘가에 전화해서 작은 목소리로 빠르게 속삭이며 문 쪽으로 걸어갔다. 내가 일어서려 하자 검은 정장 입은 사람은 전화하다 말고 고개를 내 쪽으로 돌리며 위협적으로 의자를 가리켰다. 안경을 안 썼지만 그 적대적인 몸짓은 충분히 알아볼 수 있었다.

나는 얼른 도로 앉았다. 검은 정장 입은 사람이 방을 나갔다. 나는 위원장님과 취조실 안에 단둘이 남았다.

"진짜로 그건 왜 드셨어요?"

한참 정적이 흐른 뒤에 내가 물었다.

"선생님까지 왜 그래요, 몇 번이나 대답했는데……."

위원장님이 우물우물 말했다.

"말했잖아요, 자다가 배가 고파서 깼는데…… 나한테 오고 있었다고…….

일반적으로 새벽에 대학교 본관 건물 복도에서 문어, 혹은 문어처럼 생긴 어떤 생물이 자기한테 다가오고 있으면 잡아서 끓여 먹을 생각은 보통 잘 안 하지 않느냐고 나도 묻고 싶었으나 위원장님이 정체불명의 검은 정장 사람들을 약올리려고 일부러 느물거리는 게 아니라 진심으로 당황한 것 같았기 때문에 나는 그냥 입 다물고 조용히 있었다. 그리하여 취조실 안에 침묵이 흘렀고 배고픈 위원장님의 배 속에서 들려오는 꼬르륵 소리만이 간간이 정적을 깨뜨렸다.

그러니까 어떻게 된 일이냐면 우리는 농성을 하고 있었다. 고등교육법 개정안, 일명 강사법이라고 하는 것이 제정되었고, 예상대로 대량 해고 사태가 일어났고, 잘려서 열받은 선생님들이 대거 노조에 가입했기 때문에 우리 노조는 잠시 부흥기를 맞이한 것 같았지만 그게 좋은 일인지 나쁜 일인지는 잘 모르겠고, 고등교육법 시행령과 대학 강사 제도 운영 매뉴얼에 따라 공개 채용을 실시한다고 발표한 학교들

중에서 몇몇은 불분명한 채용 기준을 제시하며 예전에 하던 대로 학과에서 내정한 자기 사람들을 꽂아 넣고 자격을 갖춘 다른 학교나 전공 출신 강사들을 밀어내려 했고, 강사를 많이 자르고 적게 뽑았기 때문에 강사들이 주로 담당하던 교양 과목은 숫자가 대거 줄어들었고, 그리하여 학생들은 수강 신청을 할 수 없어서 담당 강사와 담당 학과에 수강 정원 증원을 요청하고 그래도 여전히 수강 신청이 안 되니까 교양 수업 대신 타 학과의 1학년이나 2학년 전공 수업을 신청하기 시작했고, 그리하여 인문계나 외국어문계 학과에서 개설한 수업들의 수강 정원이 갑자기 늘어났으며 그중 전공 기초 과목을 절반 이상 타과 학생들이 채웠고, 그래서 강의실이 터져나가고 수업의 질은 떨어지고 강사의 업무량은 폭증했고, 한 학기쯤 시행령과 운영 매뉴얼에 따라 공개 채용과 임기 보장 등의 규정을 지키는 시늉을 하던 대학들은 강사법 제정 이후 몇 달 지나고 나니까 그렇게까지 법 규정을 꼼꼼하게 지키지 않아도 아무 일도 일어나지 않는다는 사실을 깨닫고 슬금슬금 자체 규정을 정하거나 학과 내규를 들먹이면서 연줄과 인맥에 의존하여 쉽게 쓰고 쉽게 버리던 이전의 주먹구구식 강사 채용 방식으로 돌아가려 했다. 그러던 와중에 모 대학교가 강사법 시행에 관한 협약을 완전히 무시하고 자기들 멋대로 강사 임용 규정을 제정해서 노조가 대학 본관 앞에 천막을 치고 농성에 돌입했으며 나는 해당 분회 소속은 아니지만 집중 투쟁 기간이라고 해서 지원하러 갔던 것이다. 그리하여 땡볕에 땀범벅이 되어 기자회견을 하고 구호를 외쳤고 총장실 앞에 가서 성명서를 전달하려 했으나 총장은 오늘 출근하지 않았다며 사무처 사람들이 나와서 우리를 총장실에서 멀리 떨어진 소회의실에 밀어 넣으려고 해서 말다툼이 벌어졌고 경비 회사 직원이 달랑 한 명 등장하여 불안한 표정으로 뒤에서 왔다 갔다 하기 시작했고 위원장님이 우리는 총장을 만나러 왔으니 소회의실에는 들어갈 수 없다며 총장실 문 앞 복도에 주저앉았고 그래서 우리는 기자회견하고 나서 본관 앞에 늘어놓았던 현수막과 피켓을 전부 들고 올라가서 총장실 앞 복도에 눌러앉았고 세 시간 동안 그렇게 총장실 앞 복도에서 모기와 싸우며 구호를 외치고 궁상맞게 피켓에 기대앉아 있는 사진을 찍어서 여기저기 인터넷 사이트와 사회관계망 서비스에 올렸고 그 와중에 사무국장님이 아이스크림을 사 왔고 위원장님이 혼자서 세 개 먹었고 다시 구호를 외치고 사무처 사람들하고 말다툼을 했고 경비 회사 직원은 별일 없을 것 같아 보였는지 슬그머니 사라졌고 그런 뒤에야 위원장님과 수석부위원장님과 사무국장님과 분회장님이 총장실에 들어가서 성명서를 전달했고 그리하여 우리는 3층에서 철수해서 1층으로 내려와서 저녁을 먹고 파업과 투쟁에 관한 영화를 보고 노래를 부르고 구호를 외쳤고 그런 뒤에 대충 해산하고 다들 집에 갔고 그리하여 밤이 되자 위원장님 혼자서 농성 천막을 지켰던 것이다.

이런 식으로 벌써 반년째 위원장님은 집에도 못 가고 밤에 덥고 모기 많고 바닥도 딱딱하고 불편한 농성 천막에서 지내면서 거의 혼자서 농성장을 지키다시피 하고 있어서 나는 밤이 되면 집에 가면서 언제나 위원장님한테 미안했다. 그랬다가 새벽에 선전전 준비하려고 나와 보면 위원장님은 밤새 술 마시고 곯아떨어져 있었고 천막 안에는 술 냄새가 진동을 했고 그러면 나는 술병과 맥주 깡통과 안주 부스러기를 치우면서 위원장님한테 별로 안 미안해지곤 했다. 그리고 아침 8시가 되면 같이 투쟁하는 대학노조가 와서 여러 가지 노래를 틀었는데 그중에는 김광석의 〈일어나〉가 있었고 "일어나~ 일어나~ 다시 한번 해보는 거야~"라는 후렴구가 기운차게 울려 퍼지는 가운데 위원장님이 술 냄새 가득한 농성 천막 안에서 드르렁 코 골면서 자고 있는 모습을 보면 나는 과연 투쟁이라는 게 본래 이런 것인지 심히 회의하지 않을 수 없었다.

그러나 달리 방법이 없었다. 강사는 학교의 천민이었다. 학생 수가 폭증하고 수입이 줄어들고 처우가 나빠져도 잘리지 않고 남아 있다는 사실을 고마워하라는 것이 학교 측의 태도였다. 강사들이 사용하던 공동 연구실 세 곳 중에 두 곳이 폐쇄되고 순식간에 리모델링을 하더니 강의실과 사무실로 용도가 바뀌었고 남은 공동 연구실에는 이전에 컴퓨터가 다섯 대, 프린터가 두 대 있었는데 방학이 지나고 나니 컴퓨터 세 대와 프린터 한 대가 사라져버렸다. 강사실의 책상과 의자도 몇 개가 사라졌고 강사실에서 매주 마주치던 선생님들도 어느샌가 사라졌다.

나는 그렇게 사라지고 싶지 않았다. 나는 가르치고 연구하는 사람이었고 그것이 나의 천직이었다. 학생은 선생이 없어도 스스로 배우고 공부하는 사람이라면 모두 학생이다. 그러나 선생은 학생이 없으면 아무것도 아니다. 나는 학생들을 사랑했고 강단을 사랑했고 교육의 가치를 진심으로 믿었다. 그것이 내 존재의 의미였다. 그러므로 싸워보지도 않고 학교가 원하는 대로 조용히 사라져줄 수는 없었다.

그래서 나는 아침마다 술 냄새 가득한 농성 천막에 가서 술병을 치우고 사무국장님한테 전화하고 위원장님을 깨우고 피켓을 내다 놓고 구호를 외치고 지나가는 사람들에게 유인물을 나눠 준 뒤에 뒷정리는 사무국장님한테 맡기고 서둘러 지하철역으로 달려가서 다른 학교로 수업하러 가곤 했다. 그리고 나는 아직까지 잘리지 않고 버티고 있었다.

그랬는데 위원장님이 문어를 먹어버린 것이다.

그것도 한 마리처럼 보이는 두 마리를 말이다.

그러니까 어떻게 된 일이냐면 아침에 평소처럼 농성 천막에 갔더니 술 냄새와 함께 가스버너 위에 먹다 만 라면이 시큼한 냄새를 풍기고 있었다. 국물은 화장실에 가서 따라 내고 남은 건더기는 나중에 따로 버려야겠다고 생각하면서 천막으로 돌아오는데 검은 정장 입은 사람들이 무더기로 나타나서 앞을 막았다. 처음에 나는 농성 천막을 철거하러 온 학교 직원들인 줄 알고 곧바로 전화기부터 꺼내 들었다. 농성 천막 철거하러 사람들이 오면 절대로 대들지 말고 위원장님은 들려 나가고 주변에 있는 사람들은 동영상을 찍어두기로 이미 얘기가 돼 있었다. 그러나 예상과 달리 이 검은 정장 입은 사람들은 천막에 관심이 없었다. 그래서 나는 맨발에 쓰레빠 신고 머리가 헝클어진, 어떻게 봐도 방금 자다 깬 것이 명백한 위원장님과 함께 검은 차를 타고 어딘지 모를 검은 빌딩에 끌려오게 된 것이다. 그리고 위원장님은 어김없이 지독한 술 냄새를 풍기고 있었고 그래서 나는 차 안에서 멀미를 했다.

그러니까 검은 빌딩에 도착했을 때쯤 내가 그 남은 문어가 든 냄비를 어떻게 했는지에 대한 기억은 위원장님의 술 냄새에 쓸려서 이미 망각의 저편으로 사라진 지 오래였다. 땅바닥에 그냥 내려놓고 왔었나? 끌려오기 전에 천막 안에 갖다 뒀던가? 전혀 기억이 나지 않고 그냥 멀미가 나서 토할 것만 같았다. 검은 정장 사람들 엿 먹으라고 그냥 토해버릴까 하는 생각도 들었으나 나 자신의 사회적 위신과 체면을 생각해서 참았다.

뭐 어찌 됐든 냄비는 농성 천막 주변 어딘가에 있을 것이다. 그리고 끓인 문어가 살아나서 도망치지 않았다면 검은 정장 입은 사람들이 지금쯤 찾아냈을 것이었다.

　그렇게 생각하며 나는 창문 없는 방에 멀거니 앉아서 위원장님을 쳐다보고 있었다. 또다시 위원장님의 배 속에서 나는 꼬르륵 소리가 방 안에 울려 퍼졌다.

　"질긴 놈이 그래도 싱싱해서 맛은 괜찮았는데."

　위원장님이 중얼거렸다.

　이렇게 써놓으면 위원장님이 굉장히 한심한 사람 같은데 물론 가끔 가다 한심한 면이 없다고는 할 수 없지만 그래도 꼭 언제나 한심한 건 아니었다. 위원장님은 노조 활동 경력이 길고 투쟁 경험이 많고 치열하고 노련하고 냉철하고 단단한 사람이었고 나는 처음 본 순간부터 위원장님을 신뢰했다. 전쟁의 기본은 피아 구분이고 그런 관점에서 위원장님은 완전한 나의 아군이었다. 학교 측이 나를 몰상식하게 대하거나 강사로서 일하다가 부당한 상황을 마주했을 때 하소연하면 위원장님은 언제나 내 이야기를 귀 기울여 들어주었고 현실적인 의견을 신중하게 제시했다. 그래서 나는 위원장님의 제안을 대부분 따랐고 위원장님이 부르면 어디든 갔다. 내가 일하는 학교에는 노조의 분회가 없었고 그래서 나는 본조에 직접 가입돼 있었으므로 나는 말하자면 위원장님에게 소속되어 있는 셈이었다. 그러므로 내가 느끼기에 위원장님이 나의 노조였다. 그래서 농성이 시작되었을 때 나는 아침에 일찍 와주면 좋겠다는 위원장님의 말에 즉각 동의했다.

그리하여 나는 매일 아침 술병을 치우고 농성 천막을 환기하여 술 냄새 빼는 일을 주로 하게 되었고 위원장님은 나나 사무국장님이 깨우면 비틀비틀 일어나서 씻으러 갔다가 초췌한 얼굴로 돌아와서 선전전에 참여하고는 내가 수업 들어갈 때쯤 아침 먹으러 또 비틀비틀 사라지곤 했다. 그래서 나는 저 위원장님이 계속 저렇게 매일같이 밤새 마셔대다가는 단체 협상 타결되기 전에 술병 나서 구급차에 실려 가는 게 아닐까 아침마다 걱정했다. 그러나 오후에 농성장에 들러 보면 아침에 다 죽어가던 위원장님이 밥 먹은 뒤에는 갑자기 반짝 살아나서 나한테 여러 가지 이야기를 들려주곤 했다. 나의 노조는 대학 강사들의 노조이고 조합원들은 기본적으로 모두 학교 선생님이다. 그러므로 위원장님도 선생님이고 그러므로 대화의 방식은 강의였다. 그래서 나는 다른 노조들은 다 지부 아니면 지회라고 하던데 왜 우리 노조는 분회라고 하는지 질문했다가 우리 노조의 역사에 대해서 장장

두 시간 동안 특강을 듣게 되었던 것이다. 그리고 위원장님의 강의가 다 끝난 뒤에 나는 여전히 해결되지 않은 사안에 대해 다시 물었다.

"그래서 왜 분회인데요?"

"글쎄요."

위원장님이 잠시 생각한 뒤에 대답했다.

"사람 수가 적어서 그런 거 아닐까요?"

그렇다. 우리는 매우 작은 노조였다. 그것이 정답이었다.

그러나 그 간단한 답을 알아내기 위해서 두 시간 동안 강의를 들어야 했던 것을 나는 후회하지 않았다. 위원장님은 아직 술 냄새가 약간 남아 있기는 했지만 기본적으로 투쟁도 잘하고 행진도 잘하고 깃발도 잘 들고 위압적인 체격과 우렁찬 목소리와 인상적인 외모를 가진 아름다운 사람이었다. 그리고 위원장님은 농성 천막 안에 가스버너를 갖다 두고 함께 농성하는 우리들에게 차도 끓여 주고 코코아도 끓여 주고 라면도 끓여 주었고 더운 날에는 팥빙수도 사 주고 아이스크림도 사 주었다. 그러면서 위원장님은 노조에 일어났던 여러 가지 사건에 대해서, 자신이 겪어온 삶과 투쟁에 대해서 이런저런 이야기를 들려주었다. 위원장님은 자기 편에게 한없이 다정하고 소탈한 사람이었고 함께 있으면 나는 자상한 선생님과 함께 있는 학생이 된 것 같은 기분이 들었다. 수업 시간에 설명을 너무 많이 해서 항상 쉬는 시간까지 다 잡아먹지만 그래도 학생을 대하는 마음만은 언제나 진심인, 뭐 그런 선생님 말이다.

그리고 문어가 나타났던 것이다.

검은 빌딩에서 풀려나서 농성 천막에 돌아왔을 때는 이미 늦은 저녁이었다. 농성장에 아무도 없고 천막은 홀랑 뒤집혀 있었다. 땅바닥에 농성장 집기와 비품이 어지럽게 널브러져 있었지만 가스버너와 냄비는 사라지고 없었다.

"버너는 왜 가져갔어? 이 나쁜 새키들이……."

위원장님이 분노했다. 그러나 내 입장에선 지금 버너가 문제가 아니었다.

"보강을 해야 될 텐데."

나는 난장판이 된 천막을 바라보며 망연히 중얼거렸다. 사실은 내가 소리 내어 중얼거리고 있다는 걸 의식하지도 못했다. 검은 빌딩 안에 갇혀 있느라고 나는 하루 종일 수업을 하지 못했다. 수업만 못 한 게 아니라 휴강 공지도 보강 신청도 아무것도 하지 못했다. 이런 식으로 아무 예고도 없이 학생들한테 사정을 알려주지도 못하고 보강 일정도 못 잡고 그냥 수업을 빼먹은 것은 평생 처음이었다. 생각해보니까 슬슬 화가 나기 시작했다.

"대체 그 사람들 누구예요?"

내가 조그만 목소리로 소심하게 분노했다.

"연행을 할 때 하더라도 자기들 누구인지 신분부터 밝히고 무슨 일인지 말을 해줘야 하는 거 아니에요? 지금이 군부독재 시절도 아닌데 사람을 이렇게 마음대로 끌고 가서 잡아두는 법이 어디 있어요?"

예고도 없이 휴강했다가 강의 평가 점수가 떨어져서 혹시 다음 학기에 잘리면 어떻게 해야 할지 걱정이 되기 시작해서 나는 더더욱 화가 났다. 소청심사를 청구해야 하나? 사유에 뭐라고 써야 하지? 문어 때문에 휴강했다고? 내가 먹은 것도 아닌데? 지하철은 연착되면 확인서 써 주던데 검은 정장 사람들도 연행 및 취조 확인서 같은 거 써 주나? 문어 때문에 연행됐다고?

"경찰은 아닌 것 같던데……."

위원장님이 불분명하게 혼잣말처럼 중얼거렸다.

"경찰이었으면 자기 신분을 밝혔을 거예요. 그보다는 정보부 쪽 같던데……."

"정보부요?"

내가 어리둥절해서 되물었다.

"국가정보원이나 뭐 그런 거 말씀이세요?"

국정원 요원들이 검은 정장 입고 들이닥쳐서 사람을 잡아가는 건 드라마에나 나오는 장면인 줄 알았다. 그런데 문어가 국가 안보하고 대체 무슨 상관이 있단 말인가? 그리고 나의 위원장님은 대체 얼마나 굉장한 문어를 끓여 먹은 것이란 말인가?

그러나 위원장님은 이미 전화기를 꺼내 들고 사무국장님한테 전화해서 열띠게 이야기하는 중이었다. 할 수 없이 나는 위원장님을 버려두고 천막을 정리하기 위해서 농성장으로 돌아갔다. 쓰러진 천막은 내가 혼자 일으켜 세울 수 없고 나중에 사무국장님 오시면 다른 선생님들이랑 같이 고쳐 세워야 할 테니까 나는 바닥에 쪼그리고 앉아서 여기저기 흩어진 농성장 살림살이부터 쓸어 모으기 시작했다.

뭔가 뒤에서 내 등을 툭툭 쳤다.

"사무국장님 오신대요?"

나는 당연히 위원장님이라고 생각하고 이렇게 물으며 일어서서 돌아보았다.

문어였다. 거대한 문어가 다리로 나를 툭툭 건드리고 있었다.

지구—생물체는—항복하라.

문어가 말했다. 아니 "문어가 말했다"라는 이 문장은 상식적으로 굉장히 이상하지만 하여간 그 당시 나는 문어가 말하는 것을 들었다고 생각했다. 물론 문어가 말하는 걸 듣다니 내가 정신이 이상해진 게 아닌가 하는 생각도 같이 했다. 애초에 대학교 건물 안에 복도를 꽉 채우는 크기의 거대 문어가 등장해서 빨판투성이 다리를 굼실거리며 나에게 말을 거는 사건이 내 평생에 일어나리라고는 꿈에도 상상하지 못했다.

지구—생물체는—항복하라.

문어가 다시 말했다. 그와 동시에 아무것도 없이 그냥 전체가 하얗고 맨질맨질하게 보이던 문어 대가리의 가운데 일부가 천천히 돌아가기 시작했다. 새까맣고 커다란 외눈이 문어 대가리를 한 바퀴 돌아 서서히 움직여서 위아래로 떨리며 세밀하게 초점을 맞추더니 정면으로 나를 향했다.

지구—생물체는—항복하라.

이 시점에서 사실 나는 웃고 싶었다. 그러니까 사람이 너무 충격을 받아서 약간 실성하면 넋을 잃고 웃는 그런 거 말이다. 그러나 복도를 가득 채운 비린내가 견딜 수 없이 지독했고 무엇보다도 문어의 새까만 외눈이 하얗고 매끈한 대가리 표면을 천천히 한 바퀴 돌아서 나를 향했다가 위아래로 떨며 초점을 맞추던 모습이 너무나 그로테스크해서 나는 웃어야 할지 토해야 할지 알 수 없었다. 그래서 내가 웃으면서 구역질하면서 쳐다보는 사이에 문어는 다시 네 번째로 같은 말을 반복하기 시작했다.

지구—생물체는—항

까지 말했을 때 둔탁한 소리가 비린내를 뚫고 복도를 울렸다. 문어의 눈이 다시 빙글 돌아갔다. 그리고 문어는 쓰러졌다. 정확히 말하자면 뻣뻣이 서 있던 대가리가 이상하게 비정상적으로 많아 보이는 다리들 사이로 푹 꺼졌다.

"문어 대가리가 말이 많아."

위원장님이 전화기를 치켜들고 말했다. 그리고 치켜든 전화기를 흘긋 쳐다보았다. 액정 화면을 가로질러 화려하게 금이 간 것을 보고 위원장님은 아깝다는 듯 쩝, 하고 입맛을 다셨다.

"약정 아직 안 끝났는데…… 그래도 월척을 잡았으니까."

그리고 위원장님은 전화기를 바지 주머니에 아무렇게나 쑤셔 넣으며 나를 바라보고 물었다.

"문어회 먹어요?"

"네?"

나는 여전히 넋 나간 웃는 표정이 고정되어버린 얼굴로 구역질을 참으면서 되물었다. 그러나 위원장님은 나의 대답을 듣지 않고 이미 문어 해체 작업에 돌입해 있었다.

"어디 보자……. 머리 안쪽을 이렇게 뒤집어서…… 먹물 주머니를 떼어내고…… 선생님 거기 어디 가위 있어요? 저기 있네. 가위 이리 주세요."

나는 어리둥절한 채로 위원장님이 가리키는 곳으로 가서 가위를 가져왔다. 위원장님은 전화기에 맞아 기절한 문어의 머리 안쪽을 뒤집어 가위로 자르고 내장을 잡아당겨 꺼내기 시작했다. 그 바람에 먹물주머니가 터져서 검은 액체가 대량으로 흘러나왔다. 위원장님은 신경 쓰지 않았다. 신나게 혼자서 중얼거리며 문어 해체 작업을 속행했다.

"먹물은 씻으면 되고…… 다 꺼내서…… 이제 가져가서

물에다 썻고……."

그리고 갑자기 위원장님이 고개를 들고 나에게 말했다.

"이거 눈하고 이빨 떼기 전에 물에 씻어야 되는데 좀 도와 주실래요?"

나는 위원장님을 멍하니 쳐다보았다.

"너무 커서 그래요."

위원장님은 대학교 복도에 나타난 거대 문어를 기절시켜 해체하는 것이 마치 일상다반사인 양 평범한 어조로 설명 했다.

"화장실 앞까지만 같이 들어주면 내가 씻어다가 적당히 잘라서 오늘 저녁에 삶아서 문어숙회 해 줄게요. 버너는 사무국장보고 하나 더 가져오라고 하면 되니까……."

"드신다구요?"

내가 지구 생물체의 항복을 요구하던 거대 문어의 힘없이 늘어진 다리를 쳐다보며 물었다.

"이걸요?"

"생물 문어 이렇게 큰 거 구하기가 얼마나 어려운지 알아 요?"

위원장님이 말했다.

"자, 그쪽 잡아서 들어주세요. 하나, 둘, 셋."

나는 얼떨결에 위원장님이 시키는 대로 문어 다리를 들었다. 먹물이 흘러나와 복도를 적셨다. 검고 비린내 나는 액체가 발에 묻을까 봐 나는 질색하며 옆으로 피했다. 위원장님은 아랑곳하지 않고 화장실로 향하고 있었다. 엉겁결에 따라가다가 나는 먹물 속에서 뭔가 반짝이는 것을 보았다.

"잠깐만요, 위원장님."

내가 신나게 문어 대가리를 붙잡고 화장실로 앞장서 가는 위원장님을 불렀다.

"여기 뭔가 있어요."

나는 문어 다리를 내려놓았다. 먹물 속에 조심스럽게 손가락을 넣었다. 먹물의 감촉은 나의 불길한 예상대로 찐득했고 예상과는 달리 뜨뜻했다. 그다지 기억하고 싶지 않은 감촉이지만 지금도 가끔 생각난다. 안에 있던 빛나는 물체는 단단했다.

"이게 뭐죠?"

내가 문어 먹물 속의 빛나는 물건을 집어 올리며 말했다.

"그거 도로 내려놓으십시오."

뒤에서 누군가 조용히 명령했다. 어디서 들어본 목소리였다.

나는 뒤를 돌아보았다. 검은 정장 입은 사람이 나에게 고 갯짓을 했다.

"내려놓고 물러서세요."

위원장님과 나와 문어는 검은 정장 입은 사람들에게 포위 되어 있었다. 위원장님이 몹시 실망한 얼굴로 문어를 내려놓 았다. 나도 먹물 속에서 발견한 단단하고 빛나는 물체를 도 로 문어 먹물 속에 내려놓고 조심스럽게 물러섰다.

"가시죠."

아침에 안경을 뺏기고 취조실에 갇혀 있을 때는 흐릿한 검 은 덩어리처럼 보이던 사람이 위원장님과 나를 번갈아 바라 보며 말했다.

"또요?"

내가 소심하게 항의했다. 검은 덩어리가 말없이 고개를 끄 덕였다. 나는 포기하고 걸음을 옮겼다.

위원장님도 검은 정장 입은 사람들을 따라서 몇 걸음 가 다가 멈춰 서더니 아쉬운 듯 문어를 돌아보며 뭔가 말하려 했다. 그러나 검은 정장 입은 사람들이 문어를 둘러싸는 모습을 보고는 도로 입을 다물고 시무룩하게 걷기 시작했 다. 나는 위원장님과 함께 또다시 검은 차에 탔고, 이번에는 나와 위원장님의 손에 묻은 지독한 비린내 때문에 멀미를 했다.

　이후에 일어난 일들은 별로 길게 쓸 가치가 없다. 나는 새벽까지 취조실에 붙잡혀 있으면서 또다시 검은 덩어리와 위원장님이 어긋나는 대화를 한없이 되풀이하는 모습을 멍하니 지켜보아야 했다. 거대 문어의 정체도 모르고 어디서 왔는지도 모르고 왜 왔는지도 모르고 그러나 삶아서 먹으려고 했다는 위원장님의 답변을 검은 덩어리는 절대로 믿어주려 하지 않았다. 나는 먹물 속에 들어 있던 빛나는 단단한 물체가 어디에 쓰는 무슨 물건인지 전혀 모른다는 사실을 수백 번 되풀이해서 설명해야 했다. 위원장님이 문어를 해체했고, 먹물주머니가 터졌고, 문어를 씻으려고 화장실로 옮기려다가 먹물 안에서 빛나는 물체를 발견했을 뿐이라고 나는 몇 번이나 반복해서 진술했다. 그러면 검은 덩어리는 위원장님한테 문어를 왜 해체했는지 물었고, 어째서 먹으려 했는지 물었고, 문어가 어디서 왔는지 왜 하필 다른 곳도 아닌 우리 노조 농성장에 접근했는지 물었고, 위원장님은 싱싱한 문어 구하기가 얼마나 힘든지 아냐며 노조 위원장이 아니라

횟집 사장님 같은 발언을 되풀이했고, 검은 덩어리는 무슨 목적으로 문어를 먹으려고 했는지 물었고, 위원장님은 문어회의 맛있음을 강력히 장황하게 설파했고, 검은 덩어리는 대화의 무의미함을 깨닫고 목표물을 바꿔서 나에게 먹물 속에서 빛나는 물체를 찾아낸 경위에 대해 다시 물었고……. 다람쥐 쳇바퀴는 뭐 대략 그런 식으로 돌아갔고, 그리하여 새벽에 검은 빌딩에서 풀려나서 검은 차에 실려 나와 다시 농성장에 떨구어졌을 때는 나와 위원장님은 서로 다른 이유로 완전히 녹초가 되어 있었다.

검은 차에서 내려서 본관에 들어서자마자 위원장님은 사방을 두리번거리며 문어부터 찾았다. 그러나 복도는 깨끗했다. 먹물도 비린내도 흔적조차 없었다.

"그 사람들이 가져갔을 거예요."

내가 반쯤은 위로하는 말투로, 반쯤은 위원장님을 단념시키기 위해서 말했다.

"그렇겠죠?"

위원장님이 한숨을 쉬었다.

"그렇게 크고 싱싱한 놈 정말 오랜만에 봤는데……."

그러면 전에도 그만한 크기의 거대 문어를 보신 적이 있다는 얘기인지, 역사학 전공자가 문어 해체는 대체 어디서 배웠는지 묻고 싶었지만 날이 밝아왔고 나는 이틀이나 예고 없이 휴강할 수는 없었으므로 뒷일은 사무국장님한테 맡기고 서둘러 수업하러 갔다.

이후로 위원장님은 임기가 끝날 때까지 노조 활동과는 아무 상관도 없는 기관에 여기저기 불려 다니며 문어에 대한 질문에 시달려야 했다. 그리고 나도 문어 해체의 현장에 함께 있었다는 이유로 위원장님이 검은 차에 실려 갈 때 세트로 함께 실려 가서 또다시 엇나가는 대화를 하염없이 강제로 지켜보았다.

한편 그러는 사이에 수석부위원장님과 사무국장님이 전해준 학교 측 상황은 또 그 나름대로 기묘하게 돌아가고 있었다. 학교가 외계 생물체를 몰래 숨겨놓고 연구하고 있었다는 소문이 퍼졌고, 천문우주학과와 생물학과 교수들이 모두 국정원에 불려 갔다는 이야기도 떠돌았으며, 이과대 건물이 실제로 한동안 폐쇄되었고 그 뒤에도 시시때때로 휴강 공지나 실험실 폐쇄 공지가 나붙는 걸 보니 아주 근거 없는 얘기는 아닌 것 같았다. 그러던 와중에 마침내 총장이 CIA에 납치되어 행방불명이 되었다는 소식이 대단히 비공식적인 경로를 통해 나돌기 시작했다. 그리고 학교는 어째서인지 서둘러 우리 노조의 요구를 모두 수용하고 전격 합의를 해버렸다. 합의서에 서명하던 날에 이사장과 함께 총장도 현장에 있었으니까 CIA에 끌려가서 행방불명되었다는 소문은 거짓말이 분명했지만 이사장도 총장도 초췌한 얼굴에 눈이 퀭한 것이 학교에서 뭔가 내놓고 말할 수 없는 일들이 벌어지고 있는 건 분명해 보였다. 그리고 얼마 지나지 않아 학교는 교육부 감사를 받게 되었고 그러자 총장과 이사장과 교무처장과 총무처장이 동시에 "건강상의 이유"로 사임했고 아무도 총장의 공석을 메우려 하지 않았고 감사가 계속 진행된 결과 이듬해에 학교는 부실 대학으로 지정되어 구조 조정에 들어갔고 그로 인하여 전공 기초 과목들이 대거 사라지거나 변경되었고 절대평가이던 과목들이 전부 상대평가로 바뀌었고 폐강 기준 인원이 상향 조정되었고 학과 조교 처우가 급격히 나빠졌고 그래서 총학생회와 우리 노조와 행정직원 노조인 대학노조가 다같이 농성에 돌입했고 이번에는 사무국장님이 밤에 집에 갈 때 가스버너를 챙겨서 가지고 갔다가 아침에 가지고 왔는데 지난번에 뺏긴 가스버너와 냄비를 돌려받지 못한 데다가 앞으로는 농성장 지키는 사람이 밤중에 아무거나 끓여 먹는 사태를 미연에 방지해야겠다고 잠정적으로 결정했기 때문이었다.

그러는 사이에도 위원장님은 문어 때문에 여기저기 정부 기관에 불려 다니느라 바빴다. 이제 검은 정장 사람들이 빛나는 물체가 어디에 쓰는 물건인지 밝혀낸 듯하여 나를 빼고 위원장님만 불려 다니는 경우가 점점 많아져서 위원장님한테는 미안하지만 나로서는 다행이었다. 그 와중에 노조의 다른 분회들은 모두 단체협약을 성공적으로 마무리했다. 모 국립대 분회장님이 식사 자리에서 살짝 해준 뒷이야기에 따르면 우리 노조가 "잘못 건드리면 학교 하나 날려버릴 수 있는" 집단으로 소문이 났다고 했다. 문어하고 관련이 있는 게 분명했지만 말을 잘못 꺼냈다간 또 그 검은 덩어리들이 어디선가 나타나서 또 차멀미를 하면서 끌려가서 또 다음 날 수업을 공치게 될 것 같아서 나는 열심히 밥과 반찬을 입안에 욱여넣고 문어에 대해서는 한마디도 하지 않았다. 그리고 위원장님은 임기가 다 끝나고 새 위원장이 선출되었을 때에도 문어 때문에 불려 다니며 시달리느라 퇴임사도 제대로 하지 못했고 이후로 사무국장님과 분회장님이 이제는 전 위원장이 된 위원장님의 행방을 걱정할 때면 나는 속으로 문어를 떠올리며 내가 여기서 입을 열면 우리 모두 끌려가서 위원장님을 만날 수 있게 될 거라고 생각했지만 그 이후의 뒷감당을 할 자신이 없어서 매번 망설이다가 그냥 가만히 있곤 했다.

위원장님을 다시 만난 것은 위원장님의 임기가 끝나고도 장장 1년이나 지난 뒤였다. 처음 보는 지역번호가 붙은 모르는 번호에서 전화가 왔고 나는 모르는 번호임에도 어쩐지 그 검은 덩어리들일 것이라고 직감했으며 받을까 말까 했지만 또 강제로 끌려가면서 멀미하기는 싫어서 전화를 받았고 역시나 수화기 저편의 목소리는 그때의 그 검은 덩어리가 틀림없었다.

"몇 가지 서류에 서명만 해주시면 됩니다."

검은 덩어리가 왠지 불길하게 들리는 차분하고 정중한 어조로 말했다.

"그러면 다 끝날 겁니다."

그래서 나는 서명을 하러 갔다. 그리고 그곳에 위원장님이 있었다.

그래서 나는 또다시 어긋나는 대화를 한없이 강제로 지켜 보아야 할 것이라고 예상했다. 그러나 뜻밖에도 검은 덩어리 가 말한 대로 몇 가지 서류에 서명하고 나니 그것으로 진짜 끝이었다. 나와 위원장님은 차례로 풀려나서 검은 빌딩 밖으 로 차를 타지 않고 걸어 나왔다. 검은 차에 실려 다니며 멀 미할 때는 몰랐는데 검은 빌딩에는 조그만 철제 대문이 달 린 정문이 있었고 철제 대문 옆에는 눈에 잘 띄지 않는 '해 양정보과'라고 쓰인 낡은 현판이 붙어 있었다.

"밥 먹을래요?"

정문 밖으로 나와서 현판을 지나 검은 덩어리들의 밀실을 떠나서 문명 세계로 돌아왔을 때 위원장님이 물었다. 그 질 문을 들은 순간 나는 강렬한 허기를 느꼈다.

"네."

내가 대답했다.

그래서 우리는 밥 먹으러 갔다.

"그러니까 진짜 외계 생물이 맞긴 맞나 봐요. 그 저기, 옛 날 공상과학소설에 나오는 문어 외계인 말이에요. 공상과학 소설 알아요?"

음식이 나오기를 기다리면서 이제는 전 위원장님이 된 위원장님이 낮은 목소리로 알려주었다. 나는 공상과학이 아니고 과학소설이라고 말하고 싶었으나 그랬다가는 위원장님이 '공상'이라는 단어의 어원과 서유럽 역사에서 과학의 발전 과정과 중산층 계급의 성장에 따른 대중문화의 확산에 대해 강의하기 시작할 것이 뻔했으므로 꾹 참고 그냥 가만히 있었다.

"총장이 개인 사업자하고 몰래 거래를 해서 들여왔는데 그게 국제협약 위반이라서 문제가 된 거예요."

외계 생물을 거래하는 사업자가 존재한다는 사실도, 외계 생물 거래에 대한 국제 협약이 존재한다는 사실도, 그런 사업자가 그런 국제 협약을 지켜야 한다는 사실도 나는 생전 처음 알았다. 그리고 분명히 아까 우리가 서명한 서류에 이런 얘기를 '해양정보과'의 검은 빌딩 바깥에서 입 밖에 내어 말하면 안 된다는 조항이 들어 있던 것 같았지만 위원장님은 내가 질문할 기회를 주지 않고 낮고 조용한 목소리로 빠르게 말을 이었다.

"처음에 라면에 넣어서 먹다가 버린 그 문어는 사실 진짜 생물체가 아니고 우리가 봤던 그 큰 문어 외계인이 만든 복제 문어였는데 문어 외계인들이 그 안에 또 뭔가 다른 복제 생물체를 넣어서 지구에 대한 정보를 빼내려고 했나 봐요. 그랬는데 중간에 통신이 끊어지니까 원본이 나선 거죠."

진상 규명과 책임자 처벌을 위해서 복제 문어와의 통신을 끊은 장본인을 찾아온 거라면 외계 문어가 상당히 똑똑하다고 나는 생각했으나 이 시점에서 음식이 나왔기 때문에 대화는 잠시 중단되었다. 위원장님은 산더미처럼 쌓인 미나리와 청경채가 끓는 모습을 지켜보면서 주의 깊게 버너의 불을 조절하면서 낮은 목소리로 빠르게 다시 하던 이야기를 계속했다.

"그 해양정보과 사람들이, 사실은 우리가 실질적으로 지구를 구한 거니까 상이라도 줘야 되는데 워낙 기밀인 데다가 혹시 총장하고 한패인가 싶어서 모든 가능성을 생각하면서 신중하게 조사하다 보니까 이렇게 됐다고, 미안하다고 그러더라구요."

아니 미안하다는 말을 하려거든 나도 있는 자리에서 같이 사과할 것이지 왜 위원장님한테만 사과한단 말인가? 차멀미에 시달리고 강제로 수업 휴강하고 검은 덩어리와 위원장님의 엇나가는 대화를 한없이 지켜봐야 했던 고통의 시간들이 떠올라서 나는 분노가 솟아오르기 시작했다.

"해양정보과가 대체 뭐 하는 곳인데요?"

내가 민원이라도 넣어야겠다고 생각하면서 물었다.

"그런 부서는 없어요."

위원장님이 웬일로 간단하게 대답했다. 그리고 국자를 들어 청경채와 미나리를 조심스럽게 뒤적였다.

"이거 다 익었어요. 드세요."

위원장님은 나의 개인 접시를 가져다가 음식을 덜기 시작했다. 청경채와 미나리를 걷어내자 그 밑에서 맑은 국물 속에 발갛게 익어가는 문어가 모습을 드러냈다.

위원장님은 가위를 집어 들고 능숙하게 문어 다리를 잘랐다. 육수 속의 문어를 바라보면서 해양정보과와 빼앗긴 라면 냄비와 검은 빌딩과 농성 천막에 대해서 생각하다가 나는 어쩐지 더 이상 참을 수 없는 기분이 되어버렸다.

"저 선생님 좋아해요."

내가 말했다. 위원장님은 시선을 들지도 않고 그대로 문어를 자르면서 대답했다.

"저도 선생님 좋아합니다. 문어 드세요."

또다시 대화가 엇나가고 있었다. 위원장님에게는 나보다

문어가 중요한 것이 분명했다. 나는 자리에서 엉거주춤 일어나서 가스버너 위의 냄비 너머로 위원장님에게 얼굴을 최대한 들이대고 다시 말했다.

"선생님 좋아한다는 말, 진짜 진심이에요."

그리고 나는 자리에 도로 앉았다.

이후 어색한 침묵 속에 문어를 먹으면서 나는 이것으로 완전히 차인 게 분명하다고 확신했다. 그러나 해야 할 말을 했으므로 후회는 없었다. 위원장님을 만나지 못하는 동안 어렴풋이 느끼기는 했지만 오랜만에 다시 얼굴을 보았을 때 확실히 깨달았고 이제 위원장님은 임기가 끝났기 때문에 언제 또 만날 수 있을지, 나를 만나주기는 할지 알 수 없었으므로 나는 말해야만 했다. 식사를 마친 뒤에 위원장님은 다른 일정이 있다며 가버렸고 나는 혼자서 집에 돌아오면서 이제 평생 문어는 결단코 쳐다보지도 않겠다고 결심했다.

외계 문어에 관한 이야기는 이것으로 끝이다. 그러나 노조의 투쟁은 끝나지 않았고 아마 앞으로도 오랫동안 끝나지 않을 것이다. 외계 문어로 학교를 '날려버렸던' 노조의 약발은 오래가지 못했다. 대학들은 강사를 더 잘랐고 교양 과목을 더 줄였고 분회 사무실을 빼앗았고 강사실을 폐쇄했다. 그리고 코로나19로 인해 비대면 수업이 장기화되자 대학들은 이참에 온라인 수업 허용 비율을 무한정 늘리려고 시도했다. 팬데믹이 장기화되고 치명률이 낮아지는 추세이니 학교 측은 방역 조치를 강화하고 개설 강좌와 강좌당 분반을 늘리고 한 분반에 배정되는 수강 인원을 축소하고 모든 수업에 더 넓은 강의실을 배정해서 학생들이 물리적으로 충분한 거리를 유지한 채로 수업을 들을 수 있게 조치하고 필요하다면 마스크와 손 세정제를 학생들에게 의무 공급할 수 있다. 그러나 학교 측은 이런 비용과 노력을 들이고 싶어 하지 않았고 책임과 희생을 만만한 강사와 학생 측에 전가하는 방향으로 나아가고 있었다. 실시간 화상 수업은 어차피 대면 수업처럼 쌍방향 의사소통이 아닌 일방향 수업이니까 수업의 질이나 강의하는 사람의 업무량 따위 무시하고 수강 인원을 대폭 늘려도 상관없을 것이고 동영상 콘텐츠로 수업을 대신하면 사람이 매 학기 직접 강의할 필요가 없으니까 강사를 더 잘라도 될 것이라는 게 학교 측의 계산이었다. 무슨 상황이 어떻게 돌아가든 학교 측은 수업을 폐강하고 남은 수업의 수강 인원을 최대한 늘리고 강사를 자르는 방식으로 대응했다. 학생들은 수업의 질 저하를 지적하며 등록금 반환을 요구했고 강사들은 생계의 위협에 몰리면서 동시에 교육의 근본을 내다 버리려는 학교 측의 작태에 분노했으며 지금도 분노하고 있다.

한편 위원장님은 나의 예상과는 달리 소원하던 문어를 먹은 다음 날 우리가 사귀어도 괜찮을지 물었고 나는 이제 위원장님 임기 끝나서 위원장과 조합원이라는 위계가 없으니까 괜찮지 않느냐고 반문했으며 그리하여 나는 위원장님이 각종 해양 생물을 해체하는 식생활에 참관하는 관계가 되어 다시는 문어를 먹지 않겠다는 결심은 무너져버렸다. '문어'와 '무너져'로 말장난을 하려고 했던 건 아닌데 써놓고 보니까 그렇게 됐지만 괜찮아 보이니까 굳이 고치지는 않겠다. 외계 생물 암거래와 관련 국제 협약에 대한 자세한 사항은 지금도 알지 못하므로 혹시 아시는 분이 있다면 제보해주시면 좋겠지만 또다시 검은 차에 실려서 멀미하면서 검은 빌딩에 끌려갈 위험을 무릅쓰고 싶지 않으므로 해양정보과에 들키지 않게 몰래 제보해주시기를 부탁드린다. 그리고 나는 이제 애인님이 된 위원장님을 바라보면서 가끔 그때 학교 복도에서 비린내를 풍기며 눈이 돌아가던 거대 외계 문어를 생각하곤 한다.

지구—생물체는—항복하라.

우리는 항복하지 않는다. 나와 위원장님은 데모하다 만났고 나는 데모하면서 위원장님을 좋아하게 되었고 그래서 지금도 함께 데모하고 있으며 앞으로도 교육 공공성 확보와 비정규직 철폐와 노동 해방과 지구의 평화를 위해 계속 함께 싸울 것이다. 투쟁.

— Помогите…….

처음에는 잘못 들은 줄 알았다.

죽도시장이었다. 우리는 커다란 게 모형이 간판 대신 붙어 있는 수산물 가게에서 대게를 고르고 있었다. 국산 대게는 아직 제철이 아니라며 사장님이 대신 러시아산 대게를 권하면서 프리모리예, 마가단, 캄차카 등등 익숙한 지명을 이야기했고 그래서 나는 왠지 편안한 기분이 되었다. 그리하여 러시아 극동의 어느 지역이 최근에 오염이 많이 됐고 어느 지역은 아직 깨끗한지 생각하면서 게의 산지를 고민하는 중에 어디선가 러시아어가 들려왔던 것이다.

— Помогите…….

(도와주시오…….)

분명히 러시아어였다. 나는 주위를 둘러보았다. 시장은 한산했고 주위에 러시아인으로 보이는 사람은 없었다. 고려인이나 다른 극동 지역 소수민족이라면, 흔히 생각하는 금발 백인이 아닌 한국인하고 똑같이 생긴 아시아계 러시아인일수도 있으므로 나는 다시 주위를 둘러보았다. 애초에 나한테 말을 거는 사람이 주변에 없었다. 남편은 수산물 가게 사장님과 여전히 대게에 관해 논의하고 있었다.

— Помогите…….

(도와주시오…….)

이번에는 러시아어와 함께 뭔가 단단한 것을 톡톡 치는소리가 들려왔다. 나는 소리가 나는 쪽으로 눈을 돌렸다. 수족관 안의 대게가 나를 바라보며, 아니 게 종류의 눈이 어디붙어 있는지 나는 모르니까 나를 바라봤는지 말았는지는알 수 없지만, 하여간 대게가 수족관 유리에 배를 바짝 붙이고 나를 향해서 (나를 향한 게 맞나?) 집게발로 유리를 톡톡 두드리고 있었다.

— Помогите……. Спасите…….

(도와주시오……. 구해주시오…….)

나는 남편의 소매를 잡아끌었다.

"오빠, 저거."

"응?"

남편이 고개를 돌렸다.

"저걸로 해요."

나는 결연하게 대게를 가리켰다. 우리가 결정을 내리자 사장님이 함박웃음을 지었다.

"쪄 드릴까요?"

"아뇨!"

내가 황급히 대답했다. 남편이 뭔가 항의하려 했으나 나는 단호하게 고개를 저었다. 살려달라고 도움을 청하는 대게를 꺼내서 쪄버리는 건 도리가 아닐뿐더러 요리를 해버리면 대체 무슨 일인지 물어볼 수 없게 된다.

수산물 가게 사장님이 대게를 살아 있는 채로 수족관에서 꺼내어 커다란 스티로폼 상자에 담아 주었다. 남편은 할 말이 매우 많다는 표정이었으나 어쨌든 선선히 값을 치르고 대게 상자를 받아 들었다. 차를 향해 걸어갈 때에 남편이 들고 있는 스티로폼 상자 속에서 조그만 목소리가 속삭였다.

— Спасибо······.

(고마워요······.)

프리모리예, 마가단, 캄차카는 모두 동해에서 북쪽으로 가면 있는 러시아 극동 지역의 이름이다. 프리모리예는 북한 바로 옆에 붙어 있는 곳으로 최근에, 최근이라 함은 팬데믹이 덮치기 이전 좋았던 시절에 한국에 관광지로 알려지기 시작한 블라디보스토크를 포함한 지역의 이름이며 조선 말기였던 1860년대 혹은 그 이전부터 한인들이 이주해 가서 살기 시작하여 지금도 한인의 후예들이 많이 거주하는 곳이다. 마가단과 캄차카는 그보다 훨씬 더 북쪽으로 올라가서 오호츠크해에 인접한 지역으로 북극에 가깝기 때문에 아주 춥다. 마가단 지역의 여름 최고 기온은 27도 정도까지 올라가지만 1995년도 겨울에 영하 37도까지 내려갔다는 기록이 남아 있다. 캄차카는 커다란 반도인데 역시 북쪽이고 시베리아에서 찬 기운이 몰려오는 데다 서풍이 불어서 다른 시베리아 지역과는 달리 습하고 비가 많이 온다. 캄차카 역시 겨울에는 영하 20도 정도로 내려가고 여름에도 최고 기온이 영상 20도 정도로 언제나 추운 편이다. 블라디보스토크는 항만 개발 등으로 인해 인근 바다가 오염된 편이지만 마가단과 캄차카는 상당히 청정한 지역이었다. 그런데 최근 기후 변화와 이상 기온으로 인해 시베리아 지역 전체가 불안정해지면서 캄차카 지역도 이상 기후의 영향을 피해 갈 수 없게 되어, 이 지역 어민들이 고기잡이를 하다가 북극 얼음이 깨져서 떠내려가 조난당하는 등의 사고를 당하기도 했다. 러시아어를 하는 대게를 차에 싣고 돌아오면서 나는 이런 생각을 하고 있었다. 그런데 게가 말을 할 수 있었던가?

— Спасибо за то, что меня не варили.

(나를 끓이지 않아서 고마워요.)

돌아와서 스티로폼 상자를 꺼내 뚜껑을 벗겼을 때 대게가 가장 먼저 한 말이었다.

— А можно что-нибудь поесть?

(그런데 뭣 좀 먹을 수 있을까요?)

나는 남편을 쳐다보았다.

"대게는 뭐 먹고 살아요?"

"뭐든지 잘 먹어요. 생선이나 새우나, 자기보다 작은 게도 먹고⋯⋯."

"배가 고프다는데요."

내가 말했다. 남편은 여전히 할 말이 많다는 표정이었지만 일단은 대게의 식량이 될 만한 해양 생물을 찾아보기 위해 주섬주섬 일어났다.

"게 안 먹냐?"

시어머니가 부엌에서 거실을 내다보며 물었다. 대게와 대화하기 위해 요리를 해 오지 않았다고 얘기할 수는 없었다. 그래서 나는 얼버무렸다.

"어⋯⋯. 조금만 기다리려구요. 지금 남편이 더 사러 나갔어요."

다행히도 어머니는 더 이상 묻지 않았다.

대게는 엄청난 양을 먹어치웠다. 남편도 언제나 배고픈 편이라서 내 관점에서는 상상도 할 수 없는 분량의 각종 해양 수산물을 수시로 먹어치웠지만 대게의 식욕에는 비할 바가 아니었다. 남편은 눈앞에 산더미같이 쌓인 새우와 생선과 홍게와 꽃게가 대게의 배 속으로 사라지고 껍질과 뼈가 쌓이는 모습을 보며 매우 슬픈 표정을 짓고 있었다. 자기가 먹으려고 사 왔으니까 대게한테는 그냥 조금만 나눠 주면 될 거라고 생각했던 모양인데 이런 강력한 적수를 만날 줄은 몰랐던 것 같다. 한편 나는 대게가 홍게나 꽃게 등 자기보다 작지만 같은 게 종류를 먹는다는 사실을 처음 알고 몹시 놀랐다. 그러나 충격이 가신 뒤에 나는 옆에서 대게의 식습관을 관찰하며 해양 수산물을 사랑하는 남편의 식습관과 어쩐지 유사하다는 사실을 발견하여 혼자 즐거워하고 있었다.

— Газопровод.

(가스관.)

먹을 만큼 먹고 난 뒤에 대게가 마지막 남은 꽃게 다리 껍질을 뱉어내고 말했다.

— Строят газопровод.

(가스관을 짓고 있어요.)

물론 러시아는 언제나 가스관을 건설하고 있다. 가스와 석유 등 에너지 자원 수출이 전체 수출의 약 60퍼센트를 지탱하기 때문이다. 러시아는 세계 최대의 천연가스 보유국일 뿐 아니라 자국 천연가스 매장량이 전 세계 매장량의 4분의 1 정도를 차지한다. 천연가스는 가스관을 꽂아서 연결하면 다른 어떤 처리를 하지 않아도 알아서 관을 타고 흐르니까 러시아는 언제나 가스관을 건설해서 주로 유럽에 가스를 팔고 있다. 대략 10년에 두 개 정도 속도로 가스관을 짓고 있는 것 같다.

— На дне океана. Из России в Японию.

(동해 바닥에요. 러시아에서 일본까지.)

러시아에서 일본까지 극동 아시아 지역을 포함하는 에너지 그리드 계획은 이미 실행되었다. 전기 공급은 이미 이루어지는 것으로 알고 있다. 이제는 가스관도 짓고 있나? 러시아의 에너지 수출 판로 다변화의 결과인가? 나는 수업 시간에 얘기했던 내용들을 생각하고 있었다. 남한과 일본은 육로로 가스관을 연결할 수 없기 때문에 러시아가 천연가스를 판매하려면 가스를 압축해서 액화한 뒤에 이것을 배로 실어 와서 다시 기화하는 공정을 거쳐야 한다. 이런 공정은 복잡하고 비싸다. 러시아 입장에서는 유럽에 내다 팔듯이 그냥 가스관을 꽂아서 해결할 수 있다면 가장 덜 골치 아플 것이다. 그러나 남한까지 육로로 가스관을 연결하려면 북한이 문제가 되고 일본의 경우 동해가 가로막고 있으며 게다가 동해는 깊다.

— И поэтому наняли нас.

(그래서 그들이 우리를 고용했소.)

— Кто вас нанял? Вас всех?

(누가 고용해요? 당신들 전체 다요?)

내가 물었다. 대게는 집게발을 흔들었다. 사람이 고개를 움직이는 것과 비슷한 의미를 나타내는 비언어적 의사소통인 것 같았다. 물론 애초에 대게가 어떻게 언어적 의사소통을 할 수 있는지에 대한 나의 의문은 여전히 풀리지 않았다.

— Государство. Правительство Российской Федерации.

(국가가요. 러시아연방 정부.)

대게가 말했다.

그러니까 이렇게 된 것이었다. 러시아연방, 더 정확히 말해서 네 번째 임기를 수행 중인 19년 차 대통령 П모 씨의 정부는 가스관과 석유관으로 세계를 정복하려는 야심을 불태우고 있다. 2014년에 러시아가 우크라이나를 침공하고 크름반도*를 강제 점유한 이후 유럽에서 러시아산 에너지를 보이콧하고 러시아에 경제 제재를 가하기 시작했기 때문에 에너지 수출에 국가 수입의 절반 이상을 의존하는 러시아는 2015년 결국 경제 위기를 맞이했다. 이쯤 되니 러시아 현 정권은 다급해졌다. 대게는 바다 밑바닥에서 산다. 그래서 러시아연방 정부는 기존에 건설된 극동 아시아 에너지 그리드에 가스관을 추가하기로 결정하고 이미 해저에 살고 있으며 크고 힘세고 수도 많은 대게들에게 가스관 건설 작업을 주문했다는 것이다.

— Обещали новое место переселения. На севере. Чистое, холодное, говорили······.

(새로 이주할 곳을 주겠다고 약속했어요. 북쪽에. 깨끗하고 추운 곳이라고 했어요······.)

대게가 말했다. 눈자루에 달린 여러 개의 눈동자가 흔들렸다. 열 개의 다리가 떨렸다.

러시아연방 정부의 약속을 믿은 대게들은 작업에 착수했다. 해저 가스관 건설은 순조롭게 진행되었다. 그런데 가스관이 거의 다 연결되었을 때쯤 같이 작업하던 동료들이 한두 마리씩 사라지기 시작했다.

— Мы думали, что они уже пошли на север, переехали······.

(그들이 이미 북쪽으로 떠났다고, 이주했다고 생각했어요······.)

어떤 기준으로 누구는 떠나고 누구는 남아서 작업하는지 알 수 없었으나 남은 대게들은 자신들도 때가 오면 북쪽의 깨끗하고 추운 바다로 떠날 수 있을 것이라 믿고 열심히 일했다. 그런데 어느 날 대게는, 그러니까 우리 눈앞에 앉아서 러시아어로 이 모든 이야기를 하고 있는 언어적 대게는, 동료의 다리를 발견했다.

— Так просто плавала в воде, наполовину съеденной…….

(이렇게 그냥 물에 떠다니고 있었어요, 반쯤 먹힌 채로…….)

언어적 대게의 설명에 따르면 게를 잡아먹는 물고기나 다른 천적들이 자연에는 당연히 존재하기 때문에 다리가 하나 떨어져 나가 떠내려온 것 자체는 커다란 사건이라 할 수 없었다. 그러나 떠내려온 다리에 이제까지 본 적이 없는 잇자국이 나 있고 살을 파먹은 흔적이 명백했다. 이 때문에 대게들은 공포에 질렸고 커다란 혼란이 일어났다. 잇자국의 정체를 파헤치기 위해 떠내려온 다리를 관찰하던 중에 대게들은 다리 안에 깊이 박힌 조그맣고 딱딱하고 까만 물체를 발견했다.

— Неизвестный объект был плоский, с мелкими тонкими кусочками золотого цвета наверху, похожие на очень мелкую крабовую шкуру.

(정체불명의 물체는 편편했고 작고 얇은 황금색 조각들이 위에

붙어 있었는데 그 조각들은 아주 작은 게 껍질 같았어요.)

게는 역시 게의 관점에서 세상을 본다는 당연한 사실을 나는 새삼 깨달았다. 작고 까맣고 납작한 물체 위에 금색 조각들이 붙어 있다면 게 껍질일 리는 없고 아마도 뭔가 칩 같은 종류일 것이라고 나는 생각했다.

— Что нам делать? Что случилось с коллегами? Почему эта нога и что за неизвестная вещь?

(우리는 이제 어쩌면 좋죠? 동료들은 어떻게 된 걸까요? 그 다리는 왜 떠내려왔고 알 수 없는 물건은 또 뭐란 말입니까?)

대게가 말했다. 말하면서 대게는 다섯 쌍의 다리를 끊임없이 떨었다.

"쟈 무슨 속상한 일 있어서 저러는 거가?"

어머니가 안방에서 거실을 향해 말씀하셨다.

"쏘주라도 한잔 줘야 되는 거 아이가?"

대게한테 소주를 대접해도 되는지 알 수 없으며 애초에 술 좀 그만 마시라고 내가 잔소리를 시작하기 전에 남편이 반색하며 얼른 일어나서 술과 술잔을 가지러 갔다.

대게는 씹히고 먹힌 채 칩이 꽂힌 모습으로 떠내려온 다리의 주인을 찾기 위해 길을 떠났다. 그리고 마가단에서 남쪽으로 내려오다가 어선에 잡혀서 한국으로 팔려 오는 신세가 되었다. 그리고 그렇게 납치되어 끌려오면서 대게는 자신의 동료들, 북쪽 바다의 깨끗하고 차가운 물 밑바닥에서 안전하고 행복하게 살고 있으리라 생각했던 사라진 동료들이 이렇게 끌려와서 잡아먹혔으리라는 사실을 점차 깨달았다. 칩이 꽂힌 채 짓씹혀 떠내려온 다리 한 짝은 그 사실을 알리고 위험을 경고하기 위한 누군가의 영웅적인 희생이었던 것이다. 그러나 대게는 동료를 찾지 못했고 이대로라면 마가단의 고향 앞바다로 다시 돌아가지 못할지도 모르는 지경에 처해버렸다.

남편의 조언은 물론 조직화를 하라는 것이었다. 비록 아무도 존재조차 잘 알지 못하는 조그만 노동조합이지만 어쨌든 산별노조 3선 위원장을 지냈고 학생운동 시절까지 합치면 30년 경력의 활동가로서 남편이 제안한 최선의 대응책은 노동조합을 만들어 사용자 측, 이 경우에는 러시아연방 정부에 요구 사항을 전달하고 작업에 참여한 대게 전체를 위해 체계적인 노선을 마련해야 한다는 것이었다. 그리하여 남편과 언어적 대게는 소주를 앞에 놓고 대게들의 노동 시간과 임금, 대게 전체 숫자와 작업에 참여하는 대게의 숫자, 작업 규모와 해당 지역, 작업 환경과 조건에 대해 대단히 상세한 질의 응답을 시작했다.

중간에 낀 나는 죽을 지경이었다. 술 취한 한국 호모사피엔스와 술 취한 러시아 갑각류에게 노동운동과 조직화에 대해 동시 통역을 해줘야만 하는 인생 최대의 위기가 닥칠 것이라고는 평생 상상도 하지 못했다. 몇 년 전에 검도 관련 술자리에 불려 나가 러시아인 검도 사범에게 러시아어로 신라의 화랑오계를 설명해달라는 한국인 검도 사범님의 난데없는 요청을 받은 적은 있었는데 화랑오계가 뭔지 한국어로도 잘 설명할 수 없을 것 같았지만 내가 술을 마셨더니 일단 그 문제는 어떻게든 해결되었다. 그때는 그것이 러시아 전공자로서 내 직업 경력 최대의 위기라고 생각했는데 지금 상황은 그때보다 조금 더 심각했다.

그러나 그때나 지금이나 러시아가 관련된 모든 의사소통 문제에 있어 궁극적인 최종 해결책은 술이었다. 남편과 대게는 소주를 각 세 병 정도 마시고 나더니 왠지 내가 없어도 자기들끼리 무리 없이 의사소통을 하기 시작했다. 그와 비례해서 술을 마시지 않고 옆에서 지켜보는 나는 술 취한 인간과 술 취한 갑각류의 대화를 어느 언어로도 점차 알아들을 수 없게 되었다. 그래서 나는 옆에서 남편이 안주로 내놓은 오징어를 가끔씩 집어 먹으며 남편과 대게의 혼란스러우면서 호의적이고 어쩐지 기묘하게 효율적인 의사소통을 알아들을 수는 없지만 그냥 구경하고 있었다.

"쟈는 집에 안 가나?"

어머니가 다시 안방에서 얼굴을 내밀고 물었다. 나는 노동 문제에 대해 상담하는 중이라서 아마 좀 오래 걸릴 것 같다고 간략하게 설명했다.

"노동 문제? 데모하고 그런 거가?"

어머니가 눈살을 살짝 찌푸리셨다.

"쟈(남편을 뜻한다)는 교수가 될 줄 알았는데 빨갱이가 돼가지고 데모하는 게 뉴스에 나오더니 이제는 게한테까지 데모하는 걸 가르치고 남세스러워서 원⋯⋯."

어머니가 이렇게 불평하셨고 대게가 러시아 출신이므로 아마도 원래 빨갱이일 가능성이 높다는 사실을 알려드려야 하는지 내가 고민하는 사이에 '너도 얼른 자라' 하시더니 안방으로 표표히 들어가 문을 닫으셨다.

대게도 잠을 자는지, 아니 생물이니까 어떤 식으로든 휴식을 취하겠지만 인간과 같은 방식으로 잠을 자는지는 알수 없지만 내가 목격한 바에 따르면 술 취한 대게는 대자로 뻗어서 잔다. 물론 다리가 열 개니까 인간과 같은 대(大)자는 아니고 다리가 많이 달리고 중간이 둥근 비(非) 자에 더 가까울 것이다. 하여간 대게는 우리 집 거실에 쓰러져 다리를 뻗고 잘 잤다. 그리고 나는 침실에 들어와서 이미 코를 골며 의식을 잃은 남편 옆에 누워 어쩐지 크름반도 해저에 뚫린 구멍에 대해 생각하고 있었다. 러시아는 2014년 우크라이나 크름반도를 점유한 이후 크름반도의 고질적인 물 부족 문제를 해결한다는 명목으로 인근 흑해 바닥에 구멍을 뚫기 시작했다. 지금까지 내가 알기로 구멍을 스물여섯 개 정도 뚫었다는데 크름반도의 물 부족 문제가 해결됐다는 소식은 듣지 못했고 우크라이나 측에서 크름반도로 식수를 공급하겠다고 제안했는데 러시아는 물론 거절했다. 우크라이나인으로서 크름반도에 살고 있다가 하루아침에 러시아인이 되어 옴짝달싹 못 하게 된 현지 사람들도 문제지만 바다 밑바닥에 그렇게 무차별로 구멍을 뚫었다면 해양 생태계도 무사하지는 못할 것이었다. 그러나 크름반도만이 아니라 러시아는 그 유명한 가스관을 우크라이나나 폴란드 등 러시아와 사이가 나쁜 나라들을 거치지 않고 유럽연합 국가인 독일로 직접 연결하기 위해 '노르트스트림 2(Nord Stream 2)'를 건설했고 그 과정에서 자신들은 해양 생태계를 전혀 파괴하지 않았으며 심해 생물들은 잘 살고 있다는 자체 조사 결과를 내놓았고 노르트스트림 2는 이미 완공되었으므로 내 의견은 아무래도 상관이 없겠지만 나는 러시아 측 자체 조사결과를 믿지 않는다. 게다가 그 뒤에 러시아는 발트해에서 핵실험을 진행했으며 스웨덴의 스톡홀름에서 인근 바다에 핵분열로 인해 생기는 방사성동위원소가 이상하게 높은 수준으로 검출된다고 보고하여 포괄적 핵실험금지조약기구가 움직이자 핵실험 사실 자체를 완강히 부인했다. 스웨덴과 면한 발트해 지역 연구소에서 근무하던 러시아 핵물리학자가 핵실험의 존재를 인정하고 자신과 동료들이 피폭되어 위험한 상태라며 구조를 요청했으나 러시아 정부에 의해 묵살당했고 이 연구원의 행방은 이후 알 수 없다. 러시아 최대이자 세계 최대의 공영 천연가스 회사인 가즈프롬은 북극에 인접한 카라해 인근의 야말반도에서 석유를 채취하기 위해 열여덟 개의 유전을 운영하고 있으며 이 지역에서 원유가 유출되어 토양과 강물을 오염시키고 있다. 이 모든 일들이 작년, 재작년, 올해 사이에 일어났다. 그리고 이제 일본이 원전 오염수를 바다에 방류하겠다고 한다. 바다는 그 누구의 것도 아니며 그러므로 후대를 위해 보호해야 한다고 블라디미르 베르나츠키라는 러시아 지질학자가 1940년대에 이미 경고했지만 그런 얘기는 아무 소용도 없었고 내가 아무리 플라스틱을 적게 쓰고 분리수거를 열심히 해도 바다에 방사능 오염물질을 국가 단위로 쏟아붓는 데는 당해낼 재간이 없다. 북극해도 발트해도 동해도 모두 오염되고 깨지고 부서졌다. 도망칠 곳은 없다. 인간도 대게도, 어디에도 갈 수 없다. 코를 골며 잠든 남편에게 이런 일들을 이야기하면서 나는 조금 울었다.

"그러니까 싸워야죠."

잠든 줄 알았던 남편이 중얼거렸다.

"싸워서 못 하게 해야죠."

"그렇지만 어떻게요? 게는 집게발이 전부인데 이걸 다 어떻게 막아요?"

"이길 것 같으니까 싸우는 건 아니잖아요."

남편이 돌아누우며 웅얼웅얼 대답했다.

"도망칠 데가 항상 있으니까 싸우는 것도 아니고."

"그럼 오빠는 왜 싸우는데요?"

세상을 바꾸려고,라고 그는 말했었다. 학생 시절에 그 어느 편에도 속하지 않으면서 모든 조직에 속해서 가장 험한 현장에서 가장 격렬하게 싸웠던 이야기를 그는 자주 들려주었고 그래서 내가 언젠가 물어보았다. 세상을 바꾸려고. 그래서 그렇게 싸운 끝에 세상이 바뀌었느냐고 묻는다면, 그렇게 그가 현장에서 30년을 보낸 지금, 그는 세상이 바뀌었다고, 자신이 세상을 아주 조금이나마 바꾸었다고 말할 수 있을 것이다. 30년이나 지나서, 눈가에는 주름이 생기고 손목과 어깨와 허리가 수시로 아프게 된 지금에야 말이다. 싸워서 세상을 바꾼다는 건 그런 것이다. 주로 허리와 어깨가 아픈 작업이다.

"안 싸울 수는 없잖아요."

남편이 돌아누워 나를 쳐다보았다.

"열받으니까."

그건 그렇다. 남편이 팔을 뻗어 나를 품에 안았다. 가슴으로 끌어당겨 꼭 껴안고 다시 코를 골며 잠들어버렸다. 나는 남편의 옷과 이불 사이에 얼굴을 묻고 숨 쉴 공간을 찾기 위해 잠시 버둥거려야 했다. 답답하고 따뜻했다.

　나의 결혼 생활과 비슷하다고 생각했다. 나는 너무 오랫동안 혼자 살았고 생활 공간 안에 다른 사람이 함께 있다는 사실에 익숙해지기 위해서 상당히 노력해야 했다. 남편은 나와 살아온 이력도 생활 방식도 완전히 달랐다. 남편이 술을 좋아한다는 사실은 남편이 아니라 위원장님이던 시절부터 알고 있었지만 결혼하고 보니 남편은 초저녁에 잠들었다가 오밤중에 일어나서 새벽까지 밤새 술을 마시거나 몇 시간씩 뭔가 먹는 습관이 있었고 그래서 아침에 일어나 보면 식탁과 거실에 술병이 즐비하거나 정체불명의 해양 수산물 부스러기가 바닥에 잔뜩 깔려 있었다. 분명히 어제저녁에 다 치우고 잤는데 일어나 보면 다시 치우기 전 상태로 돌아가 있어서 결혼하고 얼마 안 됐을 때는 (지금도 얼마 안 됐지만) 뭔가 타임루프 같은 현상일까 고민하기도 했다. 아무리 치워도 타임루프처럼 다음 날 아침이면 도로 원상태로 돌아가는 바람에 치우다 치우다 지쳐서 대판 싸우기도 했지만 어쨌든 남편은 김 가루와 멸치 부스러기(로 판명되었다)를 여전히 흩날리면서도 다 먹고 나면 스스로 치우기 시작했고 나와 함께 살아가기 위해서 노력했으며 그가 자신의 싸움을 해왔고 지금도 하고 있듯이 내가 나의 싸움을 하고 있다는 사실을 인정했다. 그게 어떤 싸움인지 서로 언제나 이해하지는 못하더라도 말이다.

그래서 이 사람하고 결혼했다고, 나는 답답하고 따뜻한 남편의 팔에 갇힌 고개를 힘겹게 돌려 자세를 고치며 생각했다. 이 남자와 결혼한다면 마지막 순간까지, 그게 언제가 될지는 모르겠지만, 싸울 수 있을 것 같았다. 질 줄 알면서도, 도망칠 수 없다는 걸 알면서도, 언젠가는 끌려 나가 사라지더라도 어쨌든 끝까지 고개를 높이 들고 목청껏 외치면서 사라질 수 있을 것 같았다. 그게 인간을 위해서든, 난데없이 등장한 대게를 위해서든 말이다.

거기까지 생각하고 나는 잠들었다.

그리고 다음 날 검은 정장 입은 사람들이 나타났다.

"오랜만입니다."

검은 덩어리가 말했다. 그러니까 1년 남짓 전에 나를 여러 가지로 멀미하게 했던 그 해양정보과라는 정체불명의 부서 소속 검은 정장 사람이었다. 남편은 여전히 침실에서 코를 골고 있었다. 어젯밤 마신 술의 양으로 보아 빠른 시간 내에

깨어날 것 같지 않았다. 대게는 그 옆의 침실 바닥에 여전히 아닐 비 자 모양으로 뻗어 있었다. 새벽에 일어나신 어머니가 걸리적거린다고 남편을 시켜서 치워놓은 것이었다.

검은 덩어리가 무감정하게 말했다.

"결혼 축하드립니다."

머릿속에 가장 먼저 떠오른 단어는 '됐어요'였지만 예의상 그렇게 말할 수는 없었으므로 나는 대답하지 않고 고개만 끄덕였다. 생각해보면 내가 위원장님께 홧김에 사랑을 고백하기까지 이 검은 정장 사람들이 위원장님과 같은 취조실에 하루 종일 가둬놓거나 오며 가며 멀미를 시켜준 공로도 없지 않아 있는 것이다.

그러나 그런 사실을 떠올리며 마음이 따뜻해지기 전에 검은 덩어리가 단도직입적으로 본론을 이야기했다.

"러시아 대게 어디 있습니까?"

"어떡하시려구요?"

나도 모르게 목소리가 날카로워졌다.

"죽이지 마세요. 동료들이랑 다 같이 살겠다고 여기까지 도망쳐 왔다가 잡혔단 말이에요."

"죽이다뇨. 그럴 리가요."

검은 덩어리가 쓴웃음을 지으며 손을 내저었다.

"그럼 어떻게 하시려고요?"

내가 여전히 경계를 풀지 않고 말했다.

"누굴 좀 만나게 해주시면 됩니다."

검은 덩어리가 조용히 말했다.

러시아는 2019년 여름과 2020년 여름, 2년 연속으로 전투 훈련 중 한국의 영공과 방공식별구역을 침범했다. 2019년에 처음 침범이 일어났을 당시 한국 정부가 항의하자 주한 러시아 대사관은 실수였다며 사과했으나 불과 몇 시간 뒤에 모스크바가 직접 다시 답변했다. 그 답변의 내용을 요약하면 '한국 정부가 잘못 안 것이며 러시아군은 타국 영공을 침범한 적이 없는데 남한이 러시아를 음해하고 있다' 정도로 정리할 수 있다. 2020년 여름에도 러시아군이 똑같이 정기 전투 훈련 중에 한국 방공식별구역을 침범하는 사건이 일어났으며 이어서 2021년 여름에는 동해안에서 고기잡이를 하던 한국 어선들이 물고기를 따라서 북쪽으로 이동했다가 러시아 해군에게 위협 사격을 당하는 사건이 발생했다. 고기잡이를 하는 해상에 러시아 해군이 나타나자 한국 어선들은 한국 해양수산부에 문의했고 한국 해양수산부가 러시아 정부에 문의했으며 러시아 정부는 괜찮다고 대답했는데 러시아 해군은 고기잡이하는 민간인들에게 위협 사격을 가한 것이다. 러시아 정부는 여기에 대하여 어떤 공식적인 사과나 해명도 내놓지 않았다. 이미 2019년 영공 침범 사태가 일어났을 때부터 한국 국방부와 외교부는 러시아를 한국의 국가 안보에 위협이 되는 대상이라 정의한 터였다.

검은 덩어리는 여기까지 말하고 의미심장하게 나를 쳐다보았다. 이런 얘기는 해양정보과에 속하지 않은 나도 지난 몇 년간 뉴스에서 봐서 다 알고 있는 사실이었다. 전 위원장님 현 남편님도 그렇고 이 검은 덩어리도 그렇고 남자들은 어째 상대방이 자기와 같은 비장애인 성인 남성이 아니면 아무것도 모를 거라 생각하고 다들 아는 사실을 길게 설명하는 앙증맞은 버릇이 있다고 나는 조금 짜증스럽게 생각했다. 배가 매우 고팠다. 나는 아직 아침 커피 한잔도 마시지 못했다.

"그래서 재작년부터 러시아 측 해양정보과와 연락을 취해서 상황을 정확히 파악하고 양국 간에 위급한 사태가 일어나지 않도록 대화를 하려고 노력하고 있습니다만 러시아 측 해양정보과가 좀처럼 협조를 하지 않는 겁니다."

검은 덩어리가 말했다. 러시아에도 해양정보과가 있다는
사실은 처음 알았다. 그러나 생각해보면 냉전을 45년이나
이끌어왔고 냉전이 끝나고 소련이 해체된 뒤에도 현재 대통
령인 Π모 씨의 정적들을 대략 2003년 이후부터 지금까지
효율적으로 제거하고 있는 나라이니만큼 KGB의 후신인 연
방보안국(FSB)에 속하거나 속하지 않은 기관으로 해양정보
과가 따로 있다고 해도 그다지 놀랄 일은 아닌 것이다.

"그래서요?"

내가 물었다. 검은 덩어리가 여전히 무감정한 목소리로 차
분하게 대답했다.

"러시아 해양정보과를 이쪽으로 불러와야지요."

"어떻게요?"

내가 다시 물었다. 그 순간 침실 문이 벌컥 열렸다.

"아침 먹었어요?"

남편이 헝클어진 머리로 눈을 비비며 침실에서 나오면서
나를 향해 물었다. 열린 문 사이로 남편 뒤에는 바닥에 아닐
비 자로 뻗어 있던 술 덜 깬 러시아 갑각류가 검은 덩어리를
보고 흠칫 놀라는 모습이 보였다. 흠칫 놀라는 집게발의 흔

들림이나 눈의 움직임은 사람이나 대게나 이상할 정도로 똑같다고 나는 두서없이 생각했다.

"오랜만입니다."

검은 덩어리가 남편을 보고 똑같이 무감정하고 차분하게 인사했다.

"손님이 또 왔냐?"

어머니가 안방에서 내다보았다.

"쟤도 데모하는 애냐?"

어머니가 물었다. 나는 뭐라고 대답해야 할지 알 수 없었다. 남편이 말없이 고개만 저었다.

"손님은 아침 먹었다냐?"

어머니가 재차 물었다. 어머니는 언제나 가장 중요한 사안을 가장 빨리 파악한다.

"아침 먹어라. 차려주께."

이렇게 말하며 어머니는 부엌으로 들어갔다.

러시아 정부는 가스관 건설 작업에 동원한 대게들의 다리에 위치 추적 칩을 꽂았다. 그 칩을 대량으로 모으겠다는 것이 검은 덩어리가 내놓은 계획이었다. 대게 위치 추적 칩이 갑자기 이동해서 한곳에 전부 모였다가 신호가 끊어지면 러시아 해양정보과 측에서 수상하게 여기고 무슨 일인지 알아보러 올 것이라는 설명이었다.

"칩을 어떻게 떼요?"

내가 겁에 질려 물었다.

"대게들 다 죽이게요?"

"아뇨, 아뇨."

검은 덩어리가 아침 식탁 위로 숟가락을 휘둘렀다. 어머니가 눈살을 찌푸렸다. 검은 덩어리가 눈치를 보더니 숟가락을 내려놓았다. 나는 마음속으로 조금 기뻤다.

"칩이 꽂힌 다리 하나만 떼는 겁니다. 게들은 원래 포식자이기 때문에 다른 생물들하고 싸우다가 다리가 떨어지기도 하고 그러거든요. 하나쯤은 없어도 사는 데 큰 지장 없을 겁니다."

그거야 댁은 인간이니까 쉽게 말하겠지만 입장 바꿔 생각해보면 나보고 너는 사지가 네 개나 있으니까 그중에서 팔이나 다리를 하나 떼서 내놓으라고 하면 몹시 싫을 것이다. 이렇게 생각하고 있는데 검은 덩어리가 갑자기 나에게 명령조로 말했다.

"그렇게 정리해서 말씀 좀 전해주시죠."

"제가요?"

내가 짜증이 나서 되물었다.

"왜요? 해양정보과에는 러시아어 통역 없어요?"

"그냥 해요."

남편이 옆에서 나를 찔렀다.

"저놈들한테 맡기면 예브게니한테 무슨 짓을 할지 모르잖아요."

"예브게니가 누구예요?"

"게요. 자기 이름이 Yevgenii(예브게니)랬어요."

나도 모르는 게게 이름을 남편은 대체 언제 알아냈단 말인가? 애초에 남편은 러시아어를 배운 적이 없는데 게 이름이 예브게니인 건 어떻게 알았지? 그런데 그 이름은 게라서 예브'게니'인가? 그렇지만 남자 이름 Gennadii(겐나디)의 애칭은 '게냐'니까 게한테는 게냐가 더 어울릴 것 같다고 생각했지만 그런 두서없는 생각들을 아침 식탁에서 전부 다 늘어놓을 수는 없었으므로 나는 어쨌든 검은 덩어리의 제안을 게게 예브게니에게 통역하는 데 동의했다. 그리하여 아침 식사를 마친 후에 나는 어디서 많이 보았던 검은 차에 또다시 실려서 또다시 익숙한 창문 없는 건물로 끌려갔다. 러시아 노동대게의 대표자 예브게니가 나와 함께 타고 갔기 때문에 차 안에서 게 냄새가 나서 나는 예상대로 또다시 멀미를 했다.

그리고 예상대로 대화는 쳇바퀴를 돌았고 무척 재미없었다. 검은 덩어리는 남편이 물었던 것과 대략 비슷한 내용을 예브게니에게 질문했다. 누가 너희를 고용했는가. 동해 가스관 건설의 건설 주체는 누구인가. 대게들을 고용한 주체와 가스관 건설 주체가 같은가. 가스관은 어디서부터 어디까지 이어지는가. 추정 운송량은 얼마인가. 언제 작업을 시작했는가. 작업에 동원된 대게는 몇 마리인가. 현재 어디까지 작업이 진행되었는가. 예상 완공일은 언제고 가스관 가동은 언제로 예정되어 있는가. 예브게니는 할 수 있는 한 성실하게 검은 덩어리의 질문에 대답하는 것 같았지만 검은 덩어리는 했던 질문을 또 하고 또 하면서 계속 같은 대답을 반복하게 만들었다. 차라리 신라 화랑오계를 러시아어로 다시 읊는 편이 지금 이 대담 통역보다 백 배는 더 재미있을 것 같았다.

마침내 지루한 질의응답을 마치고 검은 덩어리가 태블릿을 펼쳐 지도를 보여주었다.

"지금 여기 있는 당신의 가족과 친구들을 이쪽으로 이주시켜드릴 겁니다."

검은 덩어리가 지도상의 어떤 곳을 손가락으로 가리켰다.

"이쪽은 러시아 정부의 영향이 미치지 않으며 핵실험이나 원유 유출로 오염되지 않은 지역입니다."

나는 통역했다. 예브게니의 눈자루에 달린 여러 개의 눈동자가 나와 검은 덩어리와 지도를 번갈아 바라보며 바쁘게 움직였다.

"언제 떠납니까?"

예브게니가 물었다. 검은 덩어리가 대답했다.

"칩이 들어 있는 다리를 우리에게 넘겨주면 곧바로 이주시켜드립니다."

— Ногу? С чипом?

(다리를? 칩과 함께?)

예브게니의 눈자루가 움직임을 멈추었다. 검은 덩어리를 가만히 바라보았다. 그리고 몸은 움직이지 않은 채 눈자루만 움직여 나를 바라보면서 예브게니가 물었다.

— Хотят, чтобы я дал им одну из моих ног?

(내 다리 하나를 달라고 하는 건가요?)

— Трудно вам будет, да?

(역시 어렵겠죠?)

내가 동정적으로 말했다.

— Значит, снять ногу и убежать?

(그러니까 다리를 떼어내고 도망치란 말이죠?)

예브게니가 대답 대신 다시 물었다. 그리고 단호하게 집게 발을 내저었다.

— Нет. Не буду.

(아뇨, 안 할 거요.)

"안 한다는데요."

내가 조금 곤란해져서 검은 덩어리에게 말했다.

"이거 말고는 방법이 없다고 설득해보세요. 위치 추적 장치를 떼어내고 러시아 정부가 쫓아오지 못할 곳으로 이주하는 게 최선이라고요."

검은 덩어리가 강하게 대답했다. 그러나 내가 그 말을 통역하기 전에 예브게니가 먼저 말하기 시작했다.

— Я не трус. Мы, племя великих крабов, не трусы. За нашу свободу не будем бежать, организуемся мы и потребуем…….

(나는 겁쟁이가 아니오. 우리들 대게 종족은 겁쟁이가 아닙니다. 우리의 자유를 위해 우리는 도망치지 않고 조직화해서 요구를…….)

— Тогда погибнете вы. Все.

(그러면 당신들 죽을 겁니다. 모두 다.)

검은 덩어리가 갑자기 말했다. 예브게니도 나도 깜짝 놀랐다.

"아니, 러시아어 할 줄 아셨어요?"

예브게니가 입을 열기 전에 내가 먼저 말했다. 남편은 러시아어도 못하면서 예브게니의 이름을 알지를 않나 검은 덩어리는 러시아어로 유창하게 말하지를 않나, 이 사람들 나만 빼고 어디서 러시아 갑각류하고 의사소통하는 방법을 완벽하게 배워가지고 온 건가 생각하니 화가 나기 시작했다.

"그럼 직접 얘기하지 저는 왜 여기까지 끌고 오신 거예요? 저 바쁘다고요."

"민간인이 어쩌다 우연히 이런 외교상의 비밀을 알게 됐는데 무조건 믿고 놔둘 수는 없지 않습니까?"

검은 덩어리가 차분하게 대답했다. 그러니까 러시아어를 모르는 척하며 내가 예브게니에게 무슨 말을 하는지 감시하고 있었다는 뜻이었다. 나는 점점 더 화가 났다. 검은 덩어리는 여전히 아무 감정 표현 없이 차분했다.

"그리고 위원장님하고 선생님은 저희하고 이미 한 번 만나신 적도 있고 말입니다. 안 그렇습니까?"

"위원장님 아니에요!"

내가 소리를 빽 질렀다.

"벌써 임기 끝났다고요!"

사실 내가 화난 지점은 그 부분이 아니었지만 사실관계를 짚어볼 때 화를 낼 수 있는 사안이 그것밖에 없었다.

검은 덩어리도 이 사실을 알고 있는 것 같았다. 나의 분노에는 아랑곳하지 않고 검은 덩어리는 나와 예브게니를 향해 고개를 들이밀고 천천히 한국어로 말했다.

"러시아가 2012년부터 비정부단체에 관한 법을 개정해서 외국에서 후원을 받는 러시아 내 비정부단체는 모두 '외국 에이전트(첩자)'로 지정한 사실을 알고 계시지요?"

물론 알고 있다. 이 때문에 러시아 내에서 시민단체의 활동이 크게 축소되었다. 러시아는 시민단체에 대한 자국민들의 후원이라는 개념이 희박하여 대부분 비영리 시민단체의 활동은 해외에서 받는 지원으로 유지된다. 그런데 외국에서 단 한 푼이라도 후원을 받은 사실이 있으면 당장 러시아 국세청이 들이닥쳐 세무조사를 해대서 어느 시민단체든 세무 자료 준비하다가 모든 다른 작업이 마비되어 본래 하려던 활동은 전혀 못 하는 상태가 되고 그러다가 자료가 조금이라도 부족하면 당장 단체장이 조세 포탈 혐의로 체포되어 사실상 이 법을 통해 러시아 정부는 자국 내의 독립적인 시민단체운동, 즉 인권이나 환경이나 동물 보호 등의 의제를 중심으로 일어나는 자발적이고 진보적인 움직임들을 짓밟아버린 것이나 다름없었다.

"일반 시민단체가 깨끗하게 활동해도 후원을 받았다는 사실만으로 외국 에이전트가 되는데 실제로 외국 반체제인사가 노동조합 설립하라고 배후에서 조종했다는 사실이 알려지면 러시아 정부가 이 대게들을 가만 놔둘 것 같습니까?"

"대게는 시민이 아니잖아요?"

내가 풀이 죽어서 미약하게 반박했다. 남편이 반체제 인사라는 사실은 반박할 수 없었다. 나도 반체제 인사에 끼워주지 않은 것은 매우 섭섭했다.

"바로 그겁니다."

검은 덩어리가 목소리는 건조하고 차분하지만 눈만은 반

짝이며 더욱 고개를 들이밀었다.

"인간도 아닌데 대게가 노동조합을 조직한다고 러시아 정부가 그 권리나 요구를 존중할 것 같습니까?"

그러는 너야말로 진짜로 대게들을 한국의 에이전트로 활용하려는 것 아니냐는 반박이 목구멍까지 올라왔지만 나는 아무 말도 하지 않았다. 어쩐지 그렇게 말했다가는 나도 예브게니도 정말로 이 창문 없는 방에서 벗어나지 못하게 될 것만 같았다. 예브게니는 겁쟁이가 아닌 용감한 대게일지 몰라도 나는 겁 많고 소심한 인간이었다. 남편이 보고 싶었다.

— Что? Что он говорит?

(뭐죠? 뭐라는 겁니까?)

예브게니가 조급하게 물었다. 내가 대답했다.

— Права рабочих существ никто не хочет уважать. Снимите устройство слежения и убегайте, Евгений.

(노동하는 존재의 권리는 아무도 인정해주지 않아요. 위치 추적 장치를 떼고 도망가요, 예브게니.)

말하면서 나는 어쩐지 눈물이 나기 시작했다.

— Орган власти создан людьми, но не уважает даже человеческую жизнь. Он никогда не признает факт, что животные имеют такое же право, как и люди, жить на Земле.

(권력기관은 인간이 만들었지만 인간의 생명조차 존중하지 않아요. 인간이 아닌 생물도 똑같이 이 지구에서 살아갈 권리를 가지고 있다는 사실을 인정하지 않을 거예요.)

예브게니는 대답하지 않았다. 나는 말했다.

— Так что уходите. Отправляйтесь туда, где жестокая власть никогда не будет вас преследовать. Идите и живите счастливо.

(그러니까 떠나요. 잔인한 권력이 쫓아오지 못하는 곳으로 가요. 가서 행복하게 살아요.)

그리고 나는 울었다. 비인간 생물들이 아무것도 하지 않았는데 인간이 망쳐버려 살 수 없게 된 바다, 부서진 해저, 죽은 땅과 도망칠 곳 없이 좁아져버린 지구가 한없이 미안했다. 그러나 우는 것 외에 내가 당장 할 수 있는 일이 없었다. 예브게니가 다른 다리들로 나를 받치고 집게발에 기대어 울게 해주었다. 집게발은 비린내가 나고 거칠고 단단했다. 나는 그 거친 단단함에 기대어 울었다. 검은 덩어리도 예브게니도 내가 다 울 때까지 기다려주었다.

그리고 예브게니는 마침내 동의했다.

— Дам ногу. Мы все дадим. И чип и ногу.

(다리를 줄게요. 우리 모두 줄게요. 칩도 다리도.)

내가 흐느끼며 대답했다.

— Спасибо. Простите…….

(고마워요. 미안해요…….)

예브게니가 딱딱한 다리로 내 어깨를 가볍게 두드렸다.

— Ни за что.

(괜찮아요.)

창문 없는 방에 예브게니를 남겨두고 나올 때 나는 예브게니와 그의 동료들을 잘 돌봐줘야 한다고 검은 덩어리에게 몇 번이나 당부했다. 문 앞에서 머뭇거리며 여전히 눈에 눈물이 가득한 나를 보고 예브게니가 짧게 인사했다.

— Прощайте.

(잘 가요.)

돌아오는 차에 예브게니 없이 혼자 타서 나는 차 안에 남은 게 냄새 때문에 울면서 멀미를 했다.

일주일 뒤에 검은 덩어리와 그의 동료 검은 정장 사람들이 커다란 스티로폼 상자를 몇 개나 집으로 가지고 왔다. 안에는 대게 다리가 들어 있었다. 요리하지 않은 상태였다.

"다리만 뗐습니다."

검은 덩어리가 조심스럽게 말했다.

"게들은 다치지 않았어요."

나로서는 그 말을 믿는 수밖에 없었다.

남편이 어머니와 함께 게 다리를 쪘다. 나는 해양 수산물을 다룰 줄 몰랐기 때문에 찌는 과정에 참여하지 않고 상을 차렸다. 그리고 어머니와 남편과 나와 검은 덩어리와 그의 동료들은 모두 거실에 둘러앉아 게 다리를 실컷 먹었다. 양이 정말 어처구니없이 많아서 나는 도중에 포기하고 구경만 했다. 남편이 평소보다도 더욱 눈부신 식욕을 발휘했으나 결국은 그런 남편조차도 배가 너무 불러서 포기하고 말았다. 검은 덩어리와 그의 많은 동료가 남은 게 다리를 모두 먹어 치웠다.

게 다리에는 모두 예브게니가 말했던 까맣고 납작한 칩이 들어 있었다. 집게발도 있었고 그냥 다리도 있었고, 게의 생물학적 구조에 박식하지 않아서 정확한 명칭은 알지 못하지만 다리의 종류는 여럿이었는데 모두 다 칩이 들어 있다는 사실은 같았다. 게 다리를 먹다가 칩이 나오면 우리는 검은

덩어리에게 건네주었고 그러면 검은 덩어리는 동료에게 건네
주었으며 검은 덩어리의 동료는 뭔가 처음 보는 기계로 칩을
훑은 뒤에 굵은 집게같이 생긴 도구를 사용해서 칩을 부수
어 다 먹은 게 다리 껍질이 들어 있는 스티로폼 상자에 넣었
다. 검은 덩어리와 그의 동료들이 스티로폼 상자를 모두 차
에 싣고 떠나려 할 때 내가 검은 덩어리에게 다가가서 조심
스럽게 물었다.

"예브게니는 잘 갔어요?"

"그게 누굽니까?"

검은 덩어리가 무표정하게 대답했다. 그리고 나를 다시 쳐
다보지 않고 차에 올라타고 떠나버렸다. 검은 정장 에이전트
들로서는 그것이 최선의 대답이었을 것이라고 생각하려 해
도 나의 마음에 아무런 위안도 되지 않았다.

그 뒤로 대게 노동자와 그의 동료들이 어떻게 됐는지는 나
도 정확히 알지 못한다. 검은 덩어리가 우리에게 연락처 같
은 걸 남겼을 리도 없고 러시아 수산업 시장에 딱히 아는
사람이나 아는 게가 있는 것도 아니라서 마가단 인근 바다
에 살던 대게들이 어디로 가서 어떻게 살고 있는지 나에게

알려줄 수 있는 생물은 아무도 없었다. 포항에 길 잃은 러시아 선원들이 무리 지어 나타났는데 어쩐지 항구가 아니고 얼마 전에 불이 났던 쓰레기 매립장에서 헤매고 있어서 한국 정부가 이들에게 코로나 검사를 실시하고 격리했다는 뉴스가 나왔을 때 남편은 저 러시아 선원들이 선원이 아니고 그 러시아 해양정보과 사람들일 것이라는 추측을 내놓았고 나도 아마 그럴 거라고 생각했지만 그것은 어디까지나 추측일 뿐이었고 우리는 검은 덩어리를 또 만나서 또 멀미를 하며 창문 없는 방에 실려 가고 싶지는 않았으므로 그 추측을 너무 진지하게 파고들거나 너무 크게 소리내어 말하지 않고 그냥 넘겨버렸다.

다만 몇 달인가 지나고 나서 수업 준비를 위해 유튜브에서 기초 러시아어 관련 동영상을 검색하다가 나는 우연히 추천 동영상 목록에 "Краб(게)"라는 제목의 영상이 있는 것을 보았다. 링크를 눌렀다. 영상은 12초 정도로 아주 짧았으며 올린 사람도 Краб, 즉 게였다. 화면에는 거의 10초 지점이 넘어가도록 아무것도 나타나지 않았으며 단지 새까맣고 어두워 보일 뿐이었다. 그러나 그 어둠은 동영상에 오류가 났을 때와 같은 인위적이고 깊이도 높낮이도 없는 평면적인 까만색이 아니었다. 그보다는 안에서 뭔가 일렁이는 것 같은, 짙은 액체가 움직이는 것 같은 동적이고 살아 있는 어둠이었다.

그리고 마지막 2초 동안 화면에는 다섯 글자가 나타났다.

Ев. Жив

(예브게니는 살아 있다.)

나는 그 영상을 몇 번이고 몇 번이고 돌려 보았다.

나중에 남편이 퇴근해서 집에 돌아왔을 때 나는 그 영상을 남편에게도 보여주려 했다. 그러나 현관에 나갔다가 컴퓨터 앞으로 돌아온 그 몇 분 동안의 시간에 예브게니가 살아 있다고 나에게 알려준 동영상은 사라지고 없었다. 화면 속 동영상에는 러시아 뉴스가 떠 있었고 네모 칸 안의 잘생긴 러시아 인간 앵커가 러시아가 튀르키예와 장기간 대규모 가스 수출 계약을 맺었다는 소식과 우크라이나 정부는 러시아가 준공한 가스관 노르트스트림 2를 우크라이나 국가 안보에 대한 위협으로 간주한다고 성명했다는 소식을 빠르고 정확한 러시아어로 전해주고 있었다.

---

* Krym半島. 국내 표기법상 '크림반도'이지만 우크라이나어 발음대로 '크름반도'로 표기했다.

상어

한국에는 '송도'라는 이름이 붙은 장소가 여러 군데 있다. 얼른 생각나는 예시로는 인천 송도가 있고 부산에 송도해수욕장이 있으며, 포항에도 같은 이름의 송도해수욕장이 있다. 포항의 송도해수욕장은 소나무숲 옆에 바다가 있기 때문에 그런 이름이 붙었다. 녹색으로 울창한 소나무숲을 나서면 새하얀 백사장이 펼쳐지고, 그 위로 푸른 하늘이 열리고 하늘과 이어진 푸른 바다가 끝없이 넘실거려 한순간 마치 다른 세상으로 차원 이동을 한 듯 아름답고 신선한 이질감이 드는 곳이다.

그곳에서 나는 남편과 손을 잡고 걷고 있었다. 때는 아직 추위가 가시지 않은 이른 봄이었다. 하지만 우리의 바닷가 산책은 그다지 낭만적이지 않았다. 초속 7미터의 얼음송곳 같은 바닷바람이 온몸을 찌르고 목덜미와 머리카락 속으로 파고들었다.

남편은 다음 날 또다시 입원할 예정이었다. 두 달 만이었다. 새해를 앞두고 젊은 시절 앓았던 암이 재발했다는 사실이 발견되었다. 몸 상태를 보았을 때 전신마취가 필요한 개복수술을 또 할 수는 없었다. 약물 치료를 받는 것이 최선이라고 의사는 말했다. 결혼할 때 이런 날이 언젠가 올 것이라고 나도 짐작은 하고 있었다. 우리는 젊은 시절에 만나지 않았으므로 청춘의 추억을 공유하지 않았다. 자녀를 갖지 않기로 약속했으므로 가족이 성장하는 모습을 함께 지켜볼 수도 없을 것이었다. 중년의 나이에 미래를 약속한다는 것은 머지않은 앞날에 노화와 질병과 고통과 돌봄, 그리고 결국 언젠가는 찾아올 상실의 순간을 견뎌야 한다는 의미임을 나는 알고 있었다. 다만 그 '언젠가'가 조금이라도 늦게 찾아오기를 희망하며, 적어도 지금은 아닐 것이라 부정하며 새로운 삶에 발을 디뎠다. 어머니가 응급수술을 받았을 때 나는 그 '언젠가'가 드디어 시작되었다고 생각했다. 남편이 입원하게 되었다고 알렸을 때 나는 그 '언젠가'가 지나치게 빠르고 가차 없이 진행되는 것이 진심으로 무서워졌다. 새롭게 사랑하게 된 가족을 순식간에 모두 잃을까 몹시 두려웠다. 너무 많은 생각을 하지 않으려 애쓰며 나는 남편과 함께 병원으로 향했다.

남편은 최소한 겉보기에는 평온해 보였다. 입원도 치료도 모두 익숙하고 단지 지겨울 뿐이라고 남편은 담담하게 말했다. 약물 시술을 위한 금식과 검사가 시작되기 전 마지막 자유로운 시간에 남편은 내내 휴대전화로 어머니가 사용할 교통약자용 전동스쿠터를 검색하고 있었다. 포항 인근에서 구입 가능한 기종은 딱 한 가지 종류뿐이었고, 장애 등급을 받으면 구입 비용을 지원받을 수 있지만 어머니가 한쪽 다리를 수술했을 뿐 몸의 다른 부분은 다 움직일 수 있고 인지능력도 정상이므로 장애 등급은 기대할 수 없고, 그러니 그냥 자기 마음에 드는 걸로 골라서 얼른 사버리겠다며 남편은 몇 시간이고 휴대전화를 들여다보았다. 퇴원하면 병원에서 가까운 의료기 상사에 가서 실물을 직접 보고 결정하자고 남편은 말했다. '퇴원하면.' 그 말은 자기 발로 걸어서 이 병원을 나갈 것이라고, 퇴원하고 나면 이전처럼 또 삶이 이어질 것이라고, 자기 자신과 나에게 다짐하는 남편 나름의 위로였다. 남편이 전동스쿠터를 검색하는 동안 나는 병상 옆 간이침대에 누워서 천장을 쳐다보았다.

병실은 더웠다. 어머니가 입원해 있던 병실도 몹시 더웠다.

어머니는 잠결에 병실 이불을 자꾸 문질렀다. 병원 이불이 매끈매끈해서 잠결에 미역이라고 생각하고 자꾸 뜯었다고 어머니는 웃었다. 의식이 흐려지고 열이 나서 응급실로 달려 갔다가 응급수술을 해야 하는데 입원할 병실이 없을 수도 있다는 말을 듣고 눈앞이 하얘졌다가 우여곡절 끝에 간신히 수술도 마치고 병실도 얻어서 어머니와 함께 병원에서 조마조마한 하루를 지낸 뒤였다.

다인실에 자리가 없어서 수술이 끝난 뒤 일단 1인실에 들어갔는데 밤에 너무 더워서 숨이 막혀 나는 잠을 잘 수 없었다. 창문을 열었다가 어머니가 감기라도 걸리면 어떡하나 하는 걱정과 덥고 건조한 공기에 짓눌려 숨을 쉴 수 없는 감각 사이에서 고민하다가 나는 일어나서 창문을 열기로 했다. 창문은 힘주어 밀어도 잘 열리지 않았고 밖은 시멘트 벽이었다. 안쪽에는 창문 옆 벽에 조그만 돌기가 튀어나와 있었다. 나는 창문을 여는 데 도움이 되는 도구인가 하여 그 돌기를 당겨보았다. 접혀 있던 철창이 펼쳐졌다. 반대쪽 벽에는 돌기를 고정시키는 홈이 있었다. 접어놓으면 일반 창문이고 펼쳐서 반대쪽 벽에 고정시키고 열쇠로 잠그면 창문에 간단하게 쇠창살을 설치할 수 있는 구조였다. 어머니가 1인실에 입원할 때 원무과 직원분이 건조하게 했던 말이 갑자기 이해되었다. "저희 병원은 지역 교도소와 업무 협약을 맺고 있어 병실 안에 관련 설비가 구비되어 있습니다." 그때 나는 병실에 자리가 없다는 말에 너무 당황해서 1인실이든 다인실이든 그저 어머니 수술 끝나고 입원만 할 수 있다면 다행이었기 때문에 '업무 협약'이 무슨 뜻인지 깊이 생각할 정신이 없었다. 창살을 발견하고 나니 방의 다른 설비들도 눈에 들어오기 시작했다. 다른 병실들은 다 미닫이문이 달려 있었는데 이 병실 문만 미닫이 방식이 아니라 여닫이문이었다. 문고리 아래 커다란 잠금장치가 있었다. 그리고 병실 구석 천장 위쪽에 감시 카메라가 있었다. 커버가 설치되어 뚜껑을 덮으면 천장에 네모난 회색 상자가 달려 있는 것처럼 보일 뿐이었지만, 어머니가 침대에 실려 병실로 옮겨졌을 때에는 천장의 뚜껑이 왠지 벗겨져서 감시 카메라가 드러나 있었다. 내가 감시 카메라를 의아하게 바라보는 모습을 보고 간호사 선생님이 황급히 의자를 가져다가 위에 올라서서 뚜껑을 덮었지만 간호사 선생님이 의자에 올라서야만 뚜껑을 닫을 수 있었기 때문에 감시 카메라의 존재는 내 머릿속에 더 강렬하게 남아버렸다. 나는 얼떨결에 펼쳤던 창문의 쇠창살을 도로 조심스럽게 접어서 제자리에 밀어 넣었다. 어머니가 마취에서 아직 깨지 않아 천만다행이라고 그때 나는 생각했다. 그 병원에서 어머니는 혼자 괜찮으실까, 남편은 앞으로 괜찮아질까, 남편의 병원에서 병실 천장을 바라보며 똑같은 생각을 계속 반복하면서 나는 왠지 그 접이식 창살을 자꾸 떠올렸다.

어머니가 창밖의 시멘트 벽도 창문 안쪽의 창살도 눈치채기 전에 곧 다인실에 자리가 나서 우리는 도망치듯 병실을 옮겼다. 새 병실은 햇빛이 잘 들고 창밖으로 병원 마당 풍경이 내려다보이고 어머니가 다른 환자분들과 수다도 떨 수 있고 간병사 선생님이 인자하게 웃는 곳이었고 천장에 감시 카메라는 달려 있지 않았다. 그러나 팬데믹으로 인해 면회는 전면 금지였고 나는 포항에 어머니를 혼자 둔 채 남편과 함께 다른 도시의 다른 병원에 들어와 있었다. 여기서도 병실은 더웠고 간호사 선생님들이 일정 시간마다 체온을 재고 혈액을 검사하러 왔기 때문에 나는 간이침대에서 자다가 목소리가 들리면 벌떡 일어났다가 간호사 선생님이 보호자는 일어나실 필요 없다고 안심시키면 도로 누워서 비몽사몽간에 까무룩 잠들었다가 사람 목소리가 들리면 또 깨곤 했다.

남편이 시술을 받는 치료실 안에는 보호자가 대기하는 공간이 따로 있었다. 간호사 선생님은 나를 그곳에 두고 남편의 병상을 밀고 문 안쪽으로 사라졌다. 보호자 대기실은 병실과는 반대로 몹시 추웠다. 나는 겉옷을 단단히 여미며 내 몸을 껴안듯이 양팔로 감싸 안고 남편을 기다렸다. 벽에 걸린 대형 텔레비전에서 뉴스가 지나치게 큰 소리로 방송되고 있었다.

"여당의 김×× 국회의원 측은 냉동 돔배기 사업도 바이오피스트릭스라는 회사도 들어본 적 없다며 의혹을 전면 부인했고⋯⋯."

개별 단어의 의미는 가끔 가다 알아들을 수 있었지만 전체 문장은 전혀 이해되지 않았다. 뉴스캐스터의 목소리가 너무 컸고 대기실이 너무 추웠다. 남편이 보고 싶었다. 어머니가 수술을 받았을 때는 수술실 앞에 남편과 함께 앉아 있었다. 화면에 어머니의 이름과 상태가 떴는데 "수술 중" 표시가 "회복실" 표시로 바뀌고 나서도 아무리 기다려도 어머니도 나오지 않고 "회복실" 세 글자도 사라지지 않았다. 간신히 회복실을 나온 뒤에 어머니는 난데없이 접이식 창살과 천장의 감시 카메라가 있는 방으로 옮겨졌다. 나는 한숨을 쉬었다.

"경찰은 도주한 김 씨의 행방을 쫓는 한편 공범을……."

아나운서의 목소리는 지나치게 추운 보호자 대기실 안에 지나치게 큰 소리로 울려 퍼졌다. 나는 더 이상은 억누를 수가 없어서 이제 곧 당장이라도 비명을 지르거나 혹은 치료실 문을 열고 안에 뛰어들거나 혹은 비명을 지르며 치료실 안으로 뛰어들 것 같다는 불안감에 휩싸였다. 그때 치료실 문이 열리고 남편이 침대에 실려 나왔다. 남편은 얼굴이 창백했고 몸을 떨며 춥고 팔과 다리가 아프다고 호소했다. 나는 남편의 손을 잡았다. 손은 차가웠지만 남편은 살아 있었고 말도 할 수 있었고 감각도 느낄 수 있었다. 간호사 선생님이 엘리베이터를 향해 남편을 실은 병상을 밀어 움직이기 시작했다. 나는 서둘러 함께 움직였다. 남편의 손은 문질러도 좀처럼 따뜻해지지 않았다. 그래도 병실로 올라가는 엘리베이터 안에서 나는 내내 남편의 손을 꽉 쥐고 힘껏 문질렀다.

　의료진은 남편의 피부에 구멍을 뚫고 종양에 가장 가까운 동맥에 관을 주입해서 암세포를 죽이는 약물을 투여했다. 최소한 그것이 의학에 무지한 내가 이해한 치료 과정의 골자였다. 약을 집어넣기 위해 피부도 뚫고 두꺼운 동맥 혈관 벽도 뚫었기 때문에 상처에서 피가 완전히 멎을 때까지 움직이면 안 된다고 간호사 선생님들이 엄격하게 명령했다. 시술 후 정해진 시간 동안 식사 금지는 물론이고 물조차 마실 수 없었다. 남편은 좁은 병원 침대에 꼼짝 못 하고 누워 팔과 다리가 아프고 허리가 쑤시고 춥다고 호소했다. 괴로움을 토로하다가 남편이 잠깐 잠들면 나도 잠들고, 남편이 신음하면 나도 깨어나서 팔다리를 주무르고 손과 이마를 쓰다듬어주었다. 지나치게 더운 병실의 좁은 간이침대에서 그렇게 자다 깨기를 반복하며 밤이 지나고 새벽이 왔을 때 나는 녹초가 되어 있었다. 배선실 정수기에서 물을 떠 오려고 일어서면서 나는 물컵을 집으려다 실수로 쳐서 떨어뜨렸다. 금속제 물컵은 큰 소리를 내며 바닥에 부딪치고 요란하게 데굴 데굴 굴러 옆 병상 아래로 사라졌다.

"죄송합니다."

나는 딱히 누구에게라고 할 것 없이 병실 전체에 사과했다. 금속 물컵이 바닥에 떨어지는 소리가 너무 시끄러웠다. 이른 새벽이라 아직 잠들어 있는 환자분들도 있을 것이었다.

"죄송합니다."

옆 병상 커튼을 살짝 젖히면서 나는 다시 한번 사과했다. 모르는 사람 침대 아래로 기어 들어가서 물컵을 꺼내야 하는 상황이 매우 난처했다. 옆 병상 아저씨는 병상에 아주 편하게 널브러진 자세로 휴대전화 화면의 영상을 보고 있다가 나를 흘끗 쳐다보고 물었다.

"암 치료 받았나 부지?"

내가 아니고 남편에 대해서 하는 말이겠지. 이 병실은 다 비슷한 병으로 입원한 사람들이 모여 있다. 이 아저씨도 비슷한 병으로 입원했을 것이다. 미루어 짐작하기 어려운 일은 아니었다.

"네……"

내가 병상 아래로 팔을 뻗어 문제의 물컵을 얼른 집어 들며 대답했다.

"죄송합니다."

내가 다시 사과하고 돌아서려는데 아저씨가 말없이 뭔가 내밀었다. 내가 당황해서 쳐다보자 아저씨가 말했다.

"받아요."

모르는 사람에게 작으나마 민폐를 끼친 입장에서 상대가 뭔가 주려 할 때 거절할 명분이 없었다. 나는 받아 들었다. 명함 같았다.

"전화 한번 해봐요."

아저씨가 명함을 턱짓으로 가리키며 말했다. 그리고 다시 휴대전화 화면을 들여다보기 시작했다.

나는 명함을 주머니에 아무렇게나 넣었다. 물컵을 조심스럽게 꼭 쥐고 얼른 옆 병상 커튼을 끝까지 닫고 종종걸음으로 남편에게 돌아왔다.

명함의 존재를 다시 깨달은 것은 남편의 절대 금식과 절대 안정 명령이 해제된 후였다. 몸을 움직일 수 있고 먹고 마실 수 있게 되자 남편은 이것저것 필요한 물건들을 늘어놓았고 나는 병원 지하 편의점으로 향했다. 슬리퍼와 휴지와 생수와 또 무엇 무엇……을 손가방에 하나 가득 구겨 넣고 편의점 직원에게서 카드를 돌려받아 주머니에 쑤셔 넣는데 잘 들어가지 않았다. 나는 주머니 안을 손가락으로 훑다가 이른 아침에 옆 병상 아저씨에게 받은 명함을 끄집어냈다. 병실로 올라가는 엘리베이터를 기다리며 나는 명함을 들여다보았다. '신기술' '기적' '치료제' 같은 글자들이 어지럽게 눈에 들어왔다. 그러면 그렇지. 명함을 구겨 버리려는데 문득 눈에 들어온 이름이 있었다. 포항시 북구 죽도동. 죽도시장? 거기서 신약 개발을 한다고? 시장 안에 제약 회사가 있단 말이야? 나는 명함을 뒤집어 보았다. 바이오피스트릭스(BioPistrix). 이상한 이름이네. 그런데 어디서 들어본 것 같다.

엘리베이터 문이 열렸다. 나는 명함을 서둘러 손가방에 넣고 엘리베이터에 탔다. 죽도시장에 있는 회사라면 어머니한테 나중에 여쭤봐야지. 그런데 뭐라고 여쭤봐야 남편이 입원한 걸 들키지 않고 물어볼 수 있을까. 어머니는 전화를 받으실 수 있을까? 다리는 좀 덜 아프실까? 언제쯤 퇴원하실 수 있을까? 그런 생각을 하다가 엘리베이터 문이 열려서 나는 내려서 병동으로 들어가는 자동문 앞에 서서 큐알코드 인식기가 눈에 들어오고서야 허둥지둥 보호자증을 찾아 주머니와 손가방 안을 뒤적거리기 시작했고 명함에 대해서 잊어버렸다. 몇 달이 지나 내가 병원에서 사용했던 손가방을 뒤져서 영수증과 휴지와 어디선가 뜯어낸 비닐 껍데기 틈바구니에서 구겨진 명함을 다시 찾아낸 이유는 순전히 남편이 다시 입원해서 다시 치료를 받아야만 하게 되었기 때문이었다.

이쯤에서 말해두자면 나는 원래 '기적의 만병통치약' 같은 걸 무턱대고 덥석덥석 믿는 사람은 아니다. 내 나름대로는 여러 사람을 다양하게 겪었고 나이도 먹을 만큼 먹었고 세상에 사기꾼이 많다는 것도 알 만큼 알고 있다.

남편은 퇴원해서 집에 온 뒤에도 한동안 괴로워했다. 피부와 동맥을 뚫는 시술을 받았으므로 구멍 뚫은 자리가 완전히 아물기까지 몸을 굽히거나 굽혔다 펴거나 걸음을 걸을 때마다 통증이 있었다. 상처에 물이 들어가지 않도록 방수 반창고를 붙여주고 며칠에 한 번씩 갈아주고 몸을 씻을 때면 잘못해서 물이 튀지 않도록 내가 뒤에서 샤워기를 잡아주어야 했다. 그렇게 조심해도 남편은 잠결에 돌아눕다가 상처 난 자리를 무심결에 눌러서 비명을 지르며 깨곤 했다.

어머니는 좀처럼 병원을 떠나지 못했다. 수술받은 자리는 조금 좋아졌다 조금 나빠졌다 하면서 이렇다 할 만한 차도를 보이지 않았다. 남편이 퇴원한 뒤 우리는 명절이 낀 주말에 어머니를 만나러 갔다. 여전히 면회는 전면 금지였고 병원에 등록된 보호자증을 소지한 사람 외에는 아무도 들어올 수 없도록 입구에 병원 직원이 앉아서 감시하고 있었다. 간병사 선생님이 수동 휠체어에 앉은 어머니를 뒤에서 밀어 병원 로비에 같이 내려왔다. 병원 입구의 두 겹 유리문을 사이에 두고 남편과 나는 통유리에 달라붙다시피 어머니에게 인사했다. 명절이었으므로 우리처럼 가족과 친지를 유리문 사이로 면회하러 온 방문객들이 통유리에 주렁주렁 달라붙어 유리 너머의 소중한 사람들에게 소리 높여 말하고 손짓하며 웃고 울었다. 팬데믹의 병원은 그런 곳이었다. 들어오면 나갈 수 없고 나가면 들어올 수 없다. 유리문 안과 밖에서 모두 기본적으로 조금씩은 긴장해 있었고 반가워하고 웃으면서도 조심스러웠다. 집에 돌아오면서 나는 간병사 선생님의 명절에 대해 생각했다. 시급으로 계산하면 최저임금의 절반도 안 되는 임금을 받으며 병원에 갇혀 모르는 사람을 일으켜주고 눕혀주고 씻겨주고 식사를 챙겨주고 휠체어를 밀어주면서 부드럽게 웃을 수 있는 중노년 여성의 생활력에 대해 생각했다. 세상 전체가 의존하면서도 무시하고 착취하는 필수 돌봄의 가치에 대해 생각했다. 간병사 선생님은 어머니와 비슷한 연배였고 가까운 동네 출신이라 어머니와 금방 친해졌다. 어머니는 텃밭에서 키워둔 채소와 가게에 들여온 반찬거리를, 간병사 선생님은 집에서 해 온 음식을 서로 나누어 먹었다. 그 세대 여성들은 음식을 통해 친밀감을 표현한다. 나는 휠체어에 앉은 어머니와 여전히 커다란 붕대에 감싸인 어머니의 다리에 대해 생각했다. 남편은 나보다 체격이 크고 몸무게도 무겁다. 남편이 움직일 수 없게 되면 내가 남편을 일으키고 앉히고 눕히고 밀고 다닐 수 있을지 나는 궁리해보았다. 10년 뒤에, 15년 뒤에 할 수 있을지 궁리해보았다. 그동안 남편은 휴대전화로 이번에는 지팡이를 검색하고 있었다. 남편은 현실적인 낙관주의자였고 주로 인터넷 쇼핑을 통해 미래를 대비했다.

그리고 남편이 주문한 지팡이는 과연 훌륭한 물건이었다. 삼단으로 분리하여 접을 수 있었고 분리되는 면에 자석이 내장되어 있어 접었다 펼 때는 따로 조립할 필요 없이 툭 털면 자석끼리 붙어서 저절로 지팡이가 되어 펼쳐졌다. 땅에 닿는 바닥 면은 십자 모양으로 접점이 네 개라 안정적이었고 손잡이 앞쪽에 작은 전구가 달려 있어 손잡이의 스위치를 누르면 손전등 역할도 했다. 어머니는 이 손전등 기능을 특히 마음에 들어해서 켰다 껐다 해 보이며 나에게 자랑하셨다. 남편이 지팡이를 네 개 주문했고 어머니는 실내용과 외출용을 구분해서 두 개는 침대 옆에 두고 두 개는 현관 옆에 두었다. 어머니는 지팡이를 양손에 하나씩 두 개씩 짚지 않으면 아직 움직일 수 없었다. 침대에서 일어날 때도 위태로웠다. 두 개의 지팡이를 이 손 저 손으로 바꿔 쥐면서 몸의 무게중심과 균형을 아주 조심스럽게 조절해야 했다. 집에 들어오고 나갈 때는 신발을 벗거나 신는 동작까지 수반해야 했기 때문에 현관에서 거실로 올라오는 턱은 몹시 힘든 장애물이었다. 어머니는 지팡이 두 개를 한 손에 모아 쥐고 다른 한 손으로 아슬아슬하게 몸을 굽혀 신발을 벗거나 신어야 했고 어머니가 신발과의 싸움에서 패배해서 넘어지기 전에 남편이 잡아드리거나 내가 신발을 신기고 벗겨드려야 했다. 이동약자에게 비장애인 중심으로 설계된 집은 발을 걸고 미끄러뜨리고 넘어뜨려 부상당하도록 유도하는 커다란 함정 같았다.

그리고 남편이 병원에서 검색하고 퇴원하면서 주문했던 교통약자용 저속 전동스쿠터가 드디어 도착했다. 양손으로 조작하게 되어 있어 다리는 전혀 사용할 필요가 없었다. 계기반도 단순했다. 비장애인이 천천히 걷는 정도의 낮은 속력부터 최고 시속 20킬로미터까지 다이얼을 돌려 조절할 수 있었고 방향 지시등에 오른쪽 혹은 왼쪽을 가리키는 불이 들어오게 하는 버튼이 있었다. 경적도 있었고 안전벨트도 갖추어져 있었고 좌석 등쪽에는 삼각형 안전 경고판도 붙어 있었다. 그것은 멋진 짙은 빨간색의 1인용 전동식 교통수단이었다.

어머니는 처음에는 조금 어색해하고 약간은 겁을 내시는 것 같았다. 어머니가 스쿠터를 타고 운전 연습을 나가면 나나 남편이 따라갔다. 천천히 조심스럽게 스쿠터를 모는 어머니를 뒤따라가며 송림숲놀이터와 송도해안길을 산책했다. 가끔 동네 강아지가 호기심 어린 눈으로 뽈뽈 따라왔다. 그렇게 울창한 소나무숲 사이를 걷다 보면 갑자기 장막이 걷히듯 하늘이 열리고 바다가 펼쳐졌다. 몇 번이나 보아도 마술 같은 광경이었다. 어머니와 함께 새하얀 모래사장과 새파란 바다와 바다에 이어진 끝없이 새파란 하늘을 바라보다가, 주변 커피숍에서 따뜻한 음료를 한 잔씩 사서 마시고, 다시 천천히 스쿠터를 모는 어머니를 따라 집으로 돌아왔다.

햇볕이 좋은 날이면 송림테마공원으로 가서 조금 오래 스쿠터 산책을 했다. 공기가 차가웠지만 따스한 햇빛이 맑게 내리쬐는 날 어머니처럼 저속 전동스쿠터를 탄 여러 어르신들이 공원에서 운전을 하고 있었다. 나이 드신 분들이 지팡이에 의지하거나 수동적으로 앉아 있는 모습이 아니라 커다란 전동 기계를 능숙하게 몰고 다니며 공원 안에서 햇빛과 여유를 즐기는 모습은 활기차 보였다. 나는 어머니도 저분들과 함께 전동스쿠터 동호회라도 조직하면 좋겠다는 생각을 가끔 했다.

남편이 쉬는 날은 어머니와 나와 남편이 모두 함께 산책하러 나갔다. 울창한 소나무숲과 하얀 백사장과 파란 초봄의 바다와 차갑고 신선한 바람과 소중한 사람들과의 부드러운 순간들을 나는 차근차근 마음속에 쌓아두었다. 이런 순간들은 지나치게 더운 병실 간이침대에서 천장을 바라보고 있을 때, 지나치게 추운 보호자 대기실에서 텔레비전 화면을 의미 없이 들여다보아야 할 때를 위해서 간절히 필요했다. 그러나 그런 순간들을 아무리 마음속에 모아보아도 다가오는 불안을 이길 수 없었다. 지나치게 추운 보호자 대기실과 지나치게 커다란 아나운서의 목소리와 밤새 끙끙거리던 남편의 신음을 생각하면서 나는 몇 번이나 망설였다. 남편이 없는 집에서 — 남편이 없는 포항에서 — 남편이 없는 세상에서 살아갈 수 있을지 나는 생각했다. 그리고 나는 손가방 밑바닥에 구겨져 있던 명함을 찾아내어 전화를 하고 말았던 것이다.

전화를 받은 남자는 나이를 짐작할 수 없었다. 목소리는 예의 바르지만 건조하고 사무적이었다. 어떤 질문에도 남자는 '극비리에 개발된 신소재'라는 말만 여러 가지 표현을 사용해 되풀이하며 결론적으로 반드시 내가 직접 찾아와서 재료를 눈으로 보아야 한다고 강조했다. 누군지도 모르는 사람을 어딘지도 모르는 곳에 나 혼자 찾아갔다가 살인이나 납치 사건 피해자가 되어 포항MBC 저녁 뉴스에 나올지도 모른다는 상식적인 조심성 정도는 나도 가지고 있었다. 그러나 나는 절박했다. 죽도시장이니까, 시장에는 원래 항상 사람이 있고 어머니 친구분들과 동료 상인분들도 계시니까, 여차하면 어떻게든 도망칠 수 있을 것이라 스스로 다독이며 나는 남자가 설명해준 주소로 향했다.

물론 나는 길을 잃었다. 원래 나는 오른쪽과 왼쪽을 잘 구분 못 하는 데다 죽도시장 안은 미로 같았다. 골목을 돌고 돌며 상점 사이를 헤매 다니다가 나는 도저히 길을 찾을 수 없어 어머니한테 전화했다. 어머니는 여전히 다리 통증이 가시지 않아 가게에 출근은 못 하고 집에 계셨지만 죽도시장 지리 정도는 손바닥처럼 꿰고 있었다.

"거는 와?"

내가 걱정하던 질문을 어머니는 당연히 던지고야 말았다. 나는 친구가 부탁한 물건이 있다고 둘러댔다.

"거 돔배기 가게 망해서 지금은 암것두 없을 낀데……."

어머니는 미심쩍어 하면서도 내가 있는 곳에서 남자가 말한 장소까지 가는 방법을 알려주셨다. 나는 어머니와 통화하며 다시 골목을 돌고 돌아 마침내 남자가 말한 장소에 도착했다.

"찾았어요, 어머니."

내가 건물에 들어서며 말했다. 건물 안은 어둠침침했다. 거대한 창고 같았는데 안이 회청색으로 희끄무레할 뿐 제약 회사처럼 보이지 않았다. 애초에 사람이 있는 것처럼 보이지도 않았다. 불안한 마음을 억누르기 위해서 나는 일부러 명랑하고 큰 목소리로 전화 너머의 어머니에게 말했다.

"얼른 사 가지고 갈게요. 이따가 저녁에……."

까지 말했을 때 누군가 뒤에서 내 말을 끊었다.

"휴대전화 이리 주시죠."

나는 돌아보았다. 눈매가 날카로운 젊은 남자가 어울리지 않게 화려한 등산복을 입고 서 있었다.

"저희 회사에서 연구하는 신소재는 모두 기밀 사항이기 때문에 철저한 보안을 유지하고 있습니다. 방문객들은 모두 전화기를 수거했다가 나가실 때 돌려드립니다. 이리 주시죠."

나가실 때 돌려드리는 걸 기다리지 말고 이때 전화기와 함께 나도 나갔어야 했다. 그때 등 뒤에서 둔탁한 소리가 들렸다. 나는 건물 문이 닫히는 소리임을 알았다.

"전화기 이리 주시죠."

등산복을 입은 남자가 깔끔한 서울말로 다시 요구했다. 그리고 손을 내밀었다.

나는 휴대전화를 남자에게 넘겨주었다. 남자는 전화기의 전원을 끄고 등산복 주머니에 넣었다. 그리고 싱긋 웃으며 말했다.

"따라오시죠."

입은 웃는데 눈이 웃지 않았다. 죽도시장에서 낯설게 들리는 남자의 똑 떨어지는 서울 말씨가 징그러웠다. 그러나 달리 방법이 없었다. 나는 남자의 뒤를 따라 걷기 시작했다. 남자가 회청색으로 희끄무레하게 보이는 벽 쪽으로 걸어가서 키패드에 번호를 입력했다. 보이지도 않았던 문이 갑자기 열렸다. 남자가 안으로 들어서서 나를 향해 손짓했다. 나는 적절한 거리를 두고 조심스럽게 천천히 따라 들어갔다. 남자가 손짓하자 문이 닫혔다. 사방이 깜깜해졌다. 그렇지 않아도 잔뜩 불안해하고 있었는데, 어둠이 덮치자 동시에 공포감이 나를 휩쌌다.

주변이 깜깜해졌을 때만큼 순식간에 밝아졌다.

그리고 나는 보았다. 그곳은 거대한 수족관이었다. 천장이 아주 높았고 하늘까지 닿을 듯한 그 높은 천장에 꽉 차게 사방 벽에 물을 채운 거대한 수조가 늘어서 있었다. 등산복을 입은 남자가 아주 여러 번 암송한 것 같은 기계적인 어조로 말하기 시작했다.

"우리 회사의 신소재는 기본적으로 해양 생물들이 진화의 과정에서 얻은 신비한 능력들을 활용하여 개발하고 있습니다. 바다는 지구 표면의 70퍼센트를 차지하며 바다 전체의 면적은 3억 6100만 제곱킬로미터에 이르고 바다의 가장 깊은 곳은 수심이 1만 1,000미터가량입니다. 바다로 뒤덮인 행성에서 언제나 바다와 함께 살아왔음에도 불구하고 우리 인간은……."

나는 듣고 있지 않았다. 나는 대학 강사 출신이고, 남편도 대학 강사였고, 우리는 대학 강사들의 노조에서 데모하다 만나서 결혼했고, 강의라면 집에서 언제나 남편에게 시시때때로 듣고 있다. 나는 남자가 쏟아내는 영업용 설명을 한 귀로 흘려들으며 천장까지 쌓아 올린 수조들을 둘러보았다. 나의 바로 앞에 있는 수조에는 상어가 갇혀 있었다. 그러나 뾰족한 꼬리와 지느러미, 그리고 특징적인 얼굴 생김새로 상어라는 것을 알 수 있었을 뿐 피부 색깔은 내가 상상했던 상어와 전혀 달랐다. 텔레비전이나 영화 같은 데서 보았던 상어는 회색이었다. 눈앞의 수족관 안에 있는 상어는 루비처럼 반투명하게 빛나는 깊고 짙은 붉은색이었다. 상어가 움직일 때마다, 상어를 둘러싼 물이 움직일 때마다 그 반투명하고 유혹적인 붉은 피부 위로 쏟아지는 빛의 파도가 은하수처럼 반짝이며 굴러다녔다. 나는 넋을 잃고 바라보았다.

남자가 내 시선을 눈치채고 설명하기 시작했다.

"지금 보시는 상어는 생명공학적으로 엔지니어링된 치료용 목적의 특수 상어로서 피부는 바이러스 번식을 억제하는 성분을 가지고 있고 연골어류로서 상어 뼈의 재생력은 인간의 8만 배에 달하며 무엇보다도 상어 간에서 추출한 피스트릭스-레킨 성분은 암세포의 증식을 억제하여……."

나는 당연히 제대로 듣고 있지 않았다. 붉게 빛나는 상어를 넋 놓고 쳐다보다가 나는 그 옆의 수조로 눈길을 돌렸다. 거기에는 내가 이름이나 종류를 자세히 알지 못하는 은빛의 넓적하고 거대한 물고기가 세로로 서서 뛰는 듯한 동작으로 반복해서 움직이고 있었다. 나는 동물원 우리에 갇힌 동물들이 감금당해 절망한 나머지 같은 동작을 반복하는 정형 행동을 떠올렸다. 물고기도 정형 행동을 하는지는 지식이 없어서 자세히 알지 못했지만 만약에 내가 3억 6100만 제곱킬로미터의 공간을 자유롭게 헤엄치다가 난데없이 잡혀와서 낯선 곳의 한 뼘짜리 수조 안에 갇힌다면 나도 저렇게 절망해서 뛸 것이라 생각했다. 그 옆의 수조에는 조개처럼 보이는 생물이 새까맣고 반들거리는 껍데기 사이로 진주처럼 하얀 바탕에 무지갯빛으로 은은하게 빛나는 커다란 발을 내놓고 수조 벽을 따라 굼실굼실 움직이고 있었다. 조개를 쳐다보면서 나는 남자가 자꾸 외치는 '피스트릭스'라는 단어를 어디서 들었는지 생각했다. '레킨rekin'은 폴란드어로 상어라는 뜻이었다. 죽도시장 한가운데 자리 잡은, 보면 볼수록 불법적인 사업체가 분명한 이 창고와 남자가 말하는 '회사'에서 하필 폴란드어는 왜 갖다 썼는지 알 수 없는 노릇이었다. 그보다 더 알 수 없는 것은 '피스트릭스'라는 단어였다. 그 단어가 병원에서 명함을 받았을 때부터 신경 쓰였지만 아무리 애를 써도 어째서 거슬리는지 딱 짚어 떠올릴 수 없었다.

— Помогите…….

(도와주시오…….)

어디선가 속삭이는 목소리가 들려왔다.

— Помогите…….

(도와주시오…….)

루비처럼 붉은 상어와 진주처럼 하얀 조개 발에서 시선을 떼지 못하고 여전히 눈은 상어와 조개를 바라보며 나는 몸만 목소리가 들리는 쪽으로 돌아섰다. 고개까지 돌렸을 때 수조 안에는 거대한 대게가 다리를 모두 벌리고 아닐 비(非) 자로 나를 향해 하얀 배를 보인 채 유리에 붙어 있었다.

'예브게니……!'

나는 비명을 지를 뻔했다. 그러나 터져 나오는 고함을 침과 함께 꿀꺽 삼키고 다시 자세히 들여다보니 수조 속의 대게는 배를 제외한 몸 전체가 이전에 한 번 만났던 러시아 노동대게와는 달리 절대로 자연적일 수 없는 진하고 깊은 푸른색을 띠고 있었다. 무엇보다도 이 대게는 다리를 양쪽에 다섯 개씩 열 개 모두 가지고 있었다. 예브게니는 칩을 박았던 작은 다리를 떼어냈기 때문에 몸의 왼쪽은 다리가 다섯 개 모두 있지만 오른쪽에 다리가 네 개여야 했다.

"게의 껍질에서는 세포를 구성하는 주성분인 키토산을 추출하여 피부 재생, 노화 억제, 세포 재생 및 각종 질병 치료에 사용하고 있습니다. 특히 연골과 관절 등의 수술 후에 치료 효과를 높이고 암세포를 제거하며……."

남자의 설명을 귀담아듣지는 않았지만 옆에서 떠드는 말소리가 들려오는 것을 막을 수는 없었다. 그 말소리 중에서 몇몇 표현이 점점 귀에 거슬리기 시작했다. 예를 들면 게의 껍질에 들어 있고 세포가 아니라 세포벽을 구성하는 주성분은 키틴이다. 키토산은 키틴을 끓여서 뭐 어디다 담가둬야 키틴에서 뭐가 떨어져 나가서 만들 수 있는데 나는 문과 전공이라서 정확한 건 모르겠지만 하여간 키틴과 키토산이 다르고 세포는 세포벽을 포함하여 여러 구조를 가지고 있다. 그리고 상어의 피부가 정확히 어떤지는 잘 모르지만 바이러스는 생물과 무생물의 중간이므로 스스로 증식하지 못하여 번식이 아니라 감염을 한다. 번식을 하는 것은 박테리아다.

— Помогите…….

(도와주시오…….)

나는 호소하는 목소리를 듣고 푸른 대게를 다시 바라보았다. 남자가 내 옆에 바짝 다가왔다.

"저희 회사는 이런 신기술 개발을 극비리에 진행하며 정, 관계 인사들과 고위급 공무원들의 지원과 투자를 아낌없이 받고 있습니다. 선생님께서도 예를 들어 저 게의 껍질과 살에 들어 있는 기적의 자연 치료제 성분에 관심이 있으시다면 투자를……."

지구—생물체…….

남자의 무의미하고 대부분 과학적으로 틀린 장광설을 끊고 속삭이는 목소리가 들려왔다. 나는 퍼뜩 고개를 돌렸다.

지구—생물체…….

수조 속에서 문어가 말했다. 그리고 내가 바라보는 앞에서 수조 속 문어의 하얗고 맨질맨질하게 보이던 문어 대가리의 윗부분 일부가 천천히 돌아가기 시작했다. 2년 전 그때 그 문어는 가운데가 돌아갔는데, 물론 그 문어는 그때는 위원장님이던 지금의 남편님이 먹으려고 해체했으니까 살아 있지 않겠지만, 어쨌든 이 외계 문어는 그때 그 외계 문어하고는 다른 문어이지만 같은 행성 출신의 동료 문어인 것은 분명하다고 나는 새까맣고 커다란 외눈이 문어 대가리를 한 바퀴 돌아 하얗고 맨질맨질한 머리 꼭대기에 자리 잡고 미세하게 아래위로 흔들리며 나를 바라보는 동안 생각했다.

수조 속의 이 생물들은 등산복 남자가 주장하는 인간의 기술로 '엔지니어링'한 결과물이 아니다. 외계 생물이다. 납치당해 갇혀 있는 외계 생물이다.

외계 생물체를 개인 사업자가 몰래 거래하는 것은 국제 협약 위반이다.

갑자기 오래전에 들은 사실이 떠올랐다.

이 남자가 그 개인 사업자다.

나는 조금씩 뒷걸음질치기 시작했다.

남자가 말을 멈추고 나를 쳐다보았다.

나도 걸음을 멈추고 남자를 쳐다보았다. 사방은 천장까지 수조로 둘러싸여 있었다. 곁눈질로 보는 것만으로는 문이 어디인지 알 수 없었다. 나는 남자가 키패드에 번호를 입력하던 것을 생각했다. 문을 찾아내더라도 나갈 수 있을지 알 수 없었다.

남자가 활짝 웃었다. 여전히 입만 벌어지고 눈은 전혀 웃지 않는 종류의 인위적인 웃음이었다.

"저희 회사는 말씀드렸다시피 정, 관계 여러 인사의 전폭적인 지원을 받고 있는 최첨단 신소재 테크놀러지를 개발하는 4차 산업혁명의 기수입니다. 남편분이 걱정되신다고 하셨으니 선생님께서도 여기 있는 재료들 중 하나를 선택해서 저희 회사 신약을 한번 시험해보시면⋯⋯."

"재료⋯⋯요?"

남자의 설명을 끊고 내가 물었다. 남자가 다시 입만 벌려 기계적으로 활짝 웃으며 양팔을 움직여 사방의 수조를 가리켜 보였다.

"저희 회사는 살아 있는 신선한 재료만을 사용하여 최상의 성분을 고농도로 축출하여⋯⋯."

"추출인데요."

내가 다시 남자의 말을 막고 중얼거렸다.

"……네?"

남자가 되물었다.

"축출이 아니고 추출이라고요."

내가 조그만 목소리로 대답했다.

"뽑을 추(抽), 나갈 출(出) 자 써서 추출은 전체에서 어떤 요소를 뽑아내는 거예요. 축출은 쫓을 축(逐), 나갈 출(出) 자를 써서 어떤 직위에서 사람을 강제로 쫓아내는 게 축출이고요."

남자가 멍한 표정으로 나를 바라보았다. 어두운 건물 안에 갑자기 나타나서 내 휴대전화를 요구한 순간부터 지금까지 보여준 인위적인 웃음과 여기저기 조금씩 틀린 표현들을 이어 붙인 장광설 속에서 단 한 번 사람 같은 표정이었다. 멍청하고 작위적이고 여기저기 계속 조금씩 틀리면서 자기가 뭘 틀리는지 모르고 그저 상대방을 속이려고만 하는 저 몰골이 바로 사기꾼의 본모습일 것이라고 나는 생각했다.

그리고 돌연히 바깥이 시끄러워졌다.

"돔배기!"

밖에서 확성기에 실린 목소리가 우릉우릉 울렸다.

"돔배기! 문 열어!"

남자가 나를 쳐다보았다. 낮게 욕설을 내뱉더니 남자는 믿을 수 없을 정도로 빠르게 몸을 돌려 수조와 수조 사이의 공간으로 뛰어가서 번개같이 손을 움직여 키패드에 번호를 입력하고 벽으로 빨려 들어가듯 사라져버렸다. 그와 거의 동시에 반대쪽 벽의 수조 사이 공간이 열리며 검은 정장 입은 덩어리들이 달려 들어왔다.

"저쪽으로 갔어요!"

내가 남자가 나간 방향을 가리키며 외쳤다. 해양정보과 검은 덩어리들을 좋아해본 적은 없고 몹시 싫어했던 적은 있지만 지금은 평생 가장 반가운 사람들처럼 느껴졌다. 검은 덩어리들이 반대편 벽을 향해 뛰어갔다. 나도 같이 뛰어가려 했다. 익숙한 얼굴의 검은 덩어리 대빵이 멈추어 서서 나에게 경고했다.

"여기 계십시오."

창문 없는 방에서 안경도 없이 처음 마주했을 때와 똑같은 적대적이고 권위적인 목소리였다. 나는 자신도 모르게 그대로 멈추어 섰다. 검은 덩어리들은 모두 벽 안으로 빨려 들어가듯 사라졌다. 나는 외계 해양 생물들이 가득한 수조에 둘러싸인 이상하고 비지구적인 공간 안에 혼자 남았다.

지구—생물체…….

문어가 속삭였다. 문어는 국제 협약과 아마도 외계 협약에
도 위배될 납치와 인신매매 범죄의 피해자였다.

— Помогите…….

(도와주시오…….)

푸른 대게가 도움을 청했다. 붉은 상어 옆 수조에서 은빛
물고기가 제자리에서 절망적으로 뛰고 있었다.

나는 수조를 여는 방법을 알지 못했다. 수조를 여는 방법
을 찾아낸다 해도 이 생물체들을 물속에서 꺼내면 피해생물
체들이 살아남을 수 있을지도 알 수 없었다. 붉은 상어와 푸
른 대게와 은빛의 절망한 물고기와 흑단처럼 새까만 조개와
하얀 기계 문어는 지구의 바다가 아닌 다른 어딘가 멀고 낯
선 곳에서 끌려와 이곳에 잡혀 있을 것이었다. 그곳이 어디
인지 나는 알지 못했다. 어디인지 안다 해도 납치된 생물들
을 고향으로 돌려보낼 방법을 당장 떠올릴 수 없었다.

아무리 기다려도 검은 덩어리들은 나를 찾으러 오지 않았
다. 나는 수조와 수조 사이를 유심히 들여다보며 문을 찾기
시작했다. 그리고 벽을 막은 철판이 반쯤 열린 틈을 발견했
다. 그곳으로 지나갈 수 있을 것 같았다. 밖으로 나가는 문인

지 아닌지도 모르면서 나는 무조건 그 틈으로 몸을 밀어 넣었다.

시장의 사람 소리와 바깥 공기와 햇빛과 익숙한 해산물 냄새가 갑자기 나를 덮쳤다. 잠시 눈이 부셔서 그대로 서 있을 때 눈앞으로 뭔가 화려한 색깔의 물체가 휙 지나갔다. 등산복 남자였다. 남자가 한참 전에 도망쳤는데 왜 이곳에 나타났는지, 의아해하는 생각을 머릿속에서 제대로 끝맺기 전에 등 뒤에서 친숙한 목소리가 날카롭게 외쳤다.

"비키라!"

나는 돌아보았다. 어머니가 교통약자용 나드리 전동스쿠터를 최고 속도로 운전해서 죽도시장 골목 안을 질주해 다가오고 있었다.

"저그 사기꾼이데이! 저놈 잡아라!"

어머니가 외쳤다. 어머니 뒤로는 전동스쿠터 군단이 함께 달려왔다.

그것은 장엄한 광경이었다. 나는 얼른 옆으로 비켜섰다. 나드리 전동스쿠터는 최고 시속이 20킬로미터라서 일반적인 자동차하고는 비교할 수 없이 느리다고 알고 있었다. 그런데 어머니와 어르신들의 전동스쿠터 군단은 순식간에 내 앞을 스쳐 지나 돔배기 사기꾼의 화려한 등산복 등짝을 쫓아 달렸다. 사람이 뛰어가는 평균 속력은 시속 10킬로미터에서 13킬로미터 정도 된다. 전동스쿠터는 최고 속력인 시속 20킬로미터로 달려도 사람과는 달리 숨도 차지 않고 다리도 아프지 않고 지치지도 않는다. 돔배기 사기꾼의 패배는 정해진 사실이었다.

충분히 가까워졌을 때 어머니가 등산복 남자를 향해 팔을 힘껏 휘둘러 뭔가 던졌다. 야구 선수가 배트로 공을 때려 홈런을 쳤을 때와 비슷한 경쾌한 소리가 죽도시장 안에 울려 퍼졌다. 돔배기 사기꾼은 뛰다 말고 순간 앞으로 푹 고꾸라졌다. 어머니가 사기꾼 옆에 전동스쿠터를 세웠다. 어머니와 함께 사기꾼을 추적하던 어르신들도 한 대씩 스쿠터를 세우고 쓰러진 남자의 화려한 등짝과 패배한 뒤통수를 지켜보았다.

"사기꾼 자슥이 어델 도망가노!"

어머니가 일갈했다.

나는 남자에게 다가갔다. 쓰러진 남자의 뒤통수에 명중하고 땅에 떨어진 어머니의 휴대전화를 집어 흙먼지와 구정물을 대충 문질러 닦아냈다. 휴대전화 액정을 가로질러 화려하게 여러 갈래로 금이 가 있었다. 나는 결혼 전에 남편이 휴대전화로 외계 문어를 때려 기절시킨 일을 떠올렸다. 휴대전화를 무기로 사용하는 것이 남편 집안의 전통인 모양이었다.

"화면이 깨졌어요, 어머니……."

내가 어머니에게 휴대전화를 건네며 말했다. 어머니는 쿨하게 고개를 끄덕였다.

"오래 썼다 마. 새로 사도 된다. 거 넣어라."

나는 어머니가 가리키는 대로 전동스쿠터 앞에 달린 바구니에 조심스럽게 휴대전화를 집어넣었다.

검은 덩어리들이 뒤늦게 도착했다. 정장 입은 사람이 몸을 굽히고 쓰러진 사기꾼을 살펴보았다.

"아무리 사기꾼이지만 폭행을 하시면 안 되겠지요."

검은 정장 입은 덩어리가 설교조로 영혼 없이 말했다. 어머니가 나에게 고개를 돌리고 물었다.

"누고?"

나는 대충 둘러댔다.

"저기…… 경찰이에요, 정보과……."

아주 틀린 말은 아니다. 그리고 나는 생각이 나서 덧붙였다.

"저기, 예전에, 대게……."

"아아."

어머니가 왠지 반색했다.

"가가 가가?"

검은 덩어리가 혼란스러운 표정으로 나와 어머니를 쳐다보았다. 그러나 곧 평정을 되찾고 검은 덩어리는 이전에도 익히 보았던 정중하지만 무표정하고 권위적인 모습으로 돌아왔다.

"연락드리겠습니다."

아니, 연락하지 마세요 제발, 이라고 내가 대답하기 전에 검은 덩어리는 몸을 돌렸다. 그와 동료 덩어리들은 죽도시장 바닥에 엎어져 흙먼지와 쓰레기와 구정물 범벅이 된 사기꾼을 일으켜 세워 순식간에 어디론가 사라져버렸다.

"아지매요!"

옆에서 누군가 불러서 나는 돌아보았다. 나를 부른 것이 아니었다. 어머니의 죽도시장 동료 상인분이 어머니를 발견하고 반가워하고 있었다.

"아유, 수술했다매요? 다리는 다 나으신교?"

"하이고 말도 마소, 내 아주 죽다 살아난 기라……."

어머니는 자랑스럽게 병원에서의 경험담을 풀어놓기 시작

했다.

어머니가 입원한 동안 가게는 이웃 음식점 사장님이 대신 보아주었다. 팬데믹 때문에 자유롭게 병문안을 할 수 없으니 이웃 사장님은 전화로 어머니에게 물건 들어오고 나간 상황을 보고하고 매출을 알려주었다. 어머니는 병원에서 전화로 가게를 진두지휘했고 이웃 사장님은 뭐 이리 시키는 게 많냐고 불평하면서도 택배를 받고 보내고 매상을 꼬박꼬박 정리해주었다. 어머니가 퇴원하고 집에 누워 있는 동안 죽도시장 동료분들이 가게를 보아주고 집에 음식도 갖다주고 말동무도 해주고 최신 시장 뉴스도 알려주었다. 맨 처음에 어머니가 갑자기 말이 어눌해지고 눈을 제대로 못 뜨는 모습을 보고 가장 먼저 연락해준 분들도 죽도시장 이웃분들이었다. 30, 40년씩 함께 지지고 볶은 죽도시장 이웃분들의 유대감에는 동료애나 이웃의 정이라는 말로 다 표현할 수 없는 깊이와 넓이가 있었다.

전동스쿠터를 타고 어머니와 함께 달려왔던 어르신들도 전동스쿠터에 탄 채로, 혹은 스쿠터에서 내려서 여러 가게 물건들을 들여다보고 들었다 났다 하며 흥정을 하기 시작했다. 갑자기 몰려온 손님들로 죽도시장이 북적거렸다. 추운 날씨에다 방역 수칙과 거리두기로 적적했던 시장에 오랜만에 생기가 돌았다.

"그기 돔배기 가게 망해서 나간 지가 은젠데 갑자기 물어보이 이상했다 아이가."

어머니가 나중에 설명해주셨다.

"쟈(남편)가 전화를 해도 안 받고 아무래도 이건 아이다 싶어가꼬 내 가봤제."

"그런 덴 대체 왜 갔어요?"

남편이 물었다. 사실 검은 덩어리도 같은 것을 물었다.

"거긴 대체 왜 갔습니까?"

우리는 모두 함께 또다시 그 창문 없는 방에 실려 와 있었다. 왜 실려 왔다고 표현했냐면 검은 덩어리들이 커다란 승합차 같은 걸 끌고 와서 어머니를 전동스쿠터째로 실어 문제의 해양정보과로 옮겨 왔기 때문이었다. 나와 남편도 덤으로 같은 승합차 짐칸에 실렸다. 짐칸에는 창문이 없었고 어두웠고 석유 냄새가 심하게 났다. 그래서 나는 아니나 다를까 실려 오는 길에 내내 멀미에 시달렸다.

"그게요……."

나는 우물거렸다. 어머니는 아직도 수술 후유증으로 고생하고 있었고 회복은 우리가 바라는 것보다 느렸다. 염증이 다시 도져 어머니의 온몸에 열이 오르고 정신이 흐려져서 남편과 함께 겁먹었던 일도 두어 번 정도 있었다. 남편의 병이 재발했다는 사실을 어머니에게 알릴 수는 없었다. 나는 대답 대신 검은 덩어리에게 구겨진 명함을 내밀었다.

검은 덩어리가 명함을 받았다. 명함을 내려다본 검은 덩어리의 얼굴이 당장 날카로워졌다.

"이거 어디서 받았습니까?"

검은 덩어리가 고압적으로 물었다.

"병원에서요……. 남편 검사받으러…… 갔다가……."

내가 더듬더듬 대답했다. 남편은 젊은 시절 수술한 뒤로 지금까지 계속 정기적으로 검사를 받았고 그 사실은 어머니도 알고 있었다.

검은 덩어리가 병원에 간 날짜와 받은 검사의 내역과 내가 돔배기 사기꾼의 명함을 받았을 때의 정황에 대해 꼬치꼬치 캐물었다. 나는 남편의 입원과 약물 치료 사실을 어머니 앞에서 밝히지 않으려 조심하면서 최대한 상세하게 대답했다.

"알겠습니다."

마침내 검은 덩어리가 말했다.

"다시 연락드리죠."

"그러지 마세요……."

내가 중얼거렸다. 검은 덩어리가 나를 흘끗 쳐다보았다.

덩어리가 나를 쳐다보았기 때문에 생각나는 일이 있었다.

"저기……."

나는 없는 용기를 억지로 짜내어 말을 꺼냈다.

"거기 갇혀 있던 문어랑, 대게랑, 상어랑, 조개랑, 또 그 물고기랑…… 다들 자기 집으로 돌아가나요?"

검은 덩어리는 표정 없는 얼굴로 아무 대답도 하지 않았다. 말없이 문을 열고 손짓으로 나가라고 명령했다. 밖에는 그 검은 승합차가 또 기다리고 있었고 짐칸에 실려 집에 오는 길에 나는 역시나 내내 멀미를 했다.

검은 덩어리들이 또다시 냄새나는 승합차를 몰고 불시에 들이닥쳐 남편의 입원과 치료 일정에 지장이 생길까 걱정했으나 그런 일은 일어나지 않았다. 남편은 예정대로 입원했고 예정대로 검사를 받고 다음 날 이른 아침에 치료실에 들어갔다. 나는 또다시 지나치게 추운 보호자 대기실에서 지나치게 큰 소리로 말하는 텔레비전 화면의 뉴스캐스터를 멍하니 바라보고 있었다.

"경찰은 도주한 김 씨의 공범을 체포하여 조사하는 한편 바이오피스트릭스에 투자한 것으로 알려진 정, 관계 고위 인사들을 계속 수사하고 있습니다. 바이오피스트릭스 사는 냉동 상어 고기에서 추출한 성분으로 신약을 개발한다고 광고하여 거액의 투자를 받으며 국회의원과 고위 공무원 등……."

저거다. '바이오피스트릭스'라는 단어가 신경 쓰였던 이유가 저거였다. 화면 안에서 그때의 등산복 남자가 마스크를 쓰고 모자를 눌러 덮은 모습으로 수갑을 차고 두 경찰관 사이에 끼어 어디론가 호송되고 있었다. 돔배기는 상어 고기를 손질해서 소금에 절인 음식이며 영남 지역 명물이고 주로 제사상에 올린다. 이 돔배기를 냉동해서 특수 약품으로 처리해서 신물질을 추출(축출이 아니다)하여 일종의 만병통치약을 만들어 작금의 팬데믹을 일으킨 코로나19는 물론 암까지 모든 병을 다 치료할 수 있고 앞으로도 대대손손 약 팔아 떼돈 벌 수 있다고 떠벌린 사기꾼이 있었다는 것이 뉴스의 주요 내용이었다. 그 사기꾼이 이 일명 '냉동 돔배기 신약 사업'에 유명 인사들을 동원해서 거액을 투자받았고 그 유명 인사들 중에는 국회의원도 있고 고위 공무원도 있다고 하여 정계가 발칵 뒤집혔다는 것이었다. 나는 두 달 반 전에 바로 이 보호자 대기실에서 바로 이 화면으로 냉동 돔배기가 만병통치약이라고 주장하는 사기꾼이 고위급 인사들의 인맥을 휩쓸었다는 뉴스를 보면서도 전혀 이해하지 못했던 것이다. 다만 등산복 남자는 사기꾼의 공범이었고 주범인 사기꾼 김 씨는 아직도 잡히지 않았다고 했다. 회사 이름인 피스트릭스(pistrix)는 라틴어로 '상어'라는 뜻이라고 뉴스캐스터가 덧붙였다. 그래봤자 사기꾼은 사기꾼일 뿐이지만 아마 라틴어를 쓰면 있어 보일 거라고 착각한 모양이었다.

치료실 문이 열렸다. 나는 깜짝 놀라서 돌아섰다. 병상에 실려 나온 환자는 남편이 아니었다. 영상의학과 선생님들이 병상을 대기실 한쪽으로 밀어놓았다. 이후 환자를 병실로 데려가기 위해 간호사 선생님들이 들어오실 때까지 나는 모르는 사람과 추운 대기실에서 어색하게 뉴스 화면을 쳐다보고 있어야 했다.

"이분 보호자세요?"

간호사 선생님이 물었다. 나는 고개를 저었다. 다른 간호사 선생님이 차트를 보고 말했다.

"이분은 보호자 없어요. 병실로 가요."

나는 보호자 없는 환자가 대기실을 나가는 모습을 지켜보았다. 내가 보호자 없는 환자가 될 미래의 가능성에 대해 생각했다.

오래 생각하기 전에 다시 치료실 문이 열렸다. 남편이 나왔다. 나는 달려가서 남편의 손을 잡았다. 남편이 추위와 통증을 호소했다. 나는 남편의 손을 문질렀다. 간호사 선생님이 침대를 밀고 엘리베이터로 향했다.

두 번째 입원과 치료는 나에게도 남편에게도 첫 번째보다 조금 수월하게 지나갔다. 시술 시간이 첫 번째보다 오래 걸려서 걱정했지만 결과는 지난번보다 좋다고 했다. 그러나 의사 선생님은 어쨌든 퇴원해서 몸조리 잘하고, 날짜 되면 검사를 또 해서 결과를 보고 얘기하자고 조심스럽게 결론을 내렸다. 앞날은 알 수 없었다. 남편은 최소한 올해는 몇 번 더 병원에 들락거리며 지내야 할 것이라고 예상했다.

남편이 퇴원하던 날 오후 내내 엘리베이터 사용이 금지

되었다. 간호사 선생님들에게 문의해도 '막혔다' '기다려야한다'는 모호한 답변만 할 뿐 아무도 상황을 설명해주지 않았다.

병동 중앙에 엘리베이터가 네 대 있고, 엘리베이터 앞에 바퀴 달린 환자용 침대가 여러 대 동시에 움직일 수 있는 넓은 공간이 있고, 엘리베이터에서 내리면 양쪽에 있는 자동문 앞에서 보호자증이나 직원증을 인식기에 찍어야만 병실로 가는 문이 열리는 구조였다. 병원에서 자동문을 막아버리면 병실에서 나와도 다른 층으로 이동할 수 없었다. 비상계단으로 통하는 문이 있었지만 역시 인식기에 출입증을 찍어야만 했다. 문은 모두 막혀 있었다. 나도 남편도 병실이 답답하고 집에 빨리 가고 싶어서 조바심을 냈다. 영화에 흔히 나오는, 연쇄 살인마 혹은 범죄자의 누명을 쓴 주인공이 문 앞을 감시하는 경찰을 때려눕히고 병실에서 탈출하는 종류의 시도는 최소한 팬데믹 시대의 한국 병원에서는 불가능했다.

복도를 기웃거리며 대체 무슨 일인지, 문이 언제 열릴지 엿보다가 나는 복도 끝 병실 앞에 서 있는 검은 정장 사람들을 발견했다. 네 명이 병실 문 앞에 열중쉬어 자세를 하고 두 줄로 서 있었다. 다른 검은 정장 사람이 휠체어를 탄 환자를 밀고 병실에서 나왔다. 환자는 마스크를 쓰고 있었지만 남편이 처음 입원했을 때 옆 병상에 누워 나에게 명함을 주었던 그 남자일 것이라 나는 짐작했다. 그 뒤에 따라오던 검은 덩어리 대빵이 나를 흘끗 보았다. 입을 꼭 다문 채로 나에게 고개만 가볍게 끄덕여 보였다. 환자를 태운 휠체어가 나오자 문 앞에 두 줄로 열중쉬어하고 있던 검은 정장 사람들이 팔을 내리고 자세를 바꾸어 휠체어를 둘러쌌다. 그리고 자동문이 절반 정도만 열렸다. 휠체어를 타지 않은 사람 한 명이 간신히 빠져나갈 만한 공간이었는데, 환자를 태운 휠체어를 둘러싼 검은 정장 사람들은 어찌 된 일인지 물 흐르듯 쉽게 밖으로 나갔다. 자동문이 다시 닫혔다. 검은 정장 사람들은 모두 엘리베이터 버튼만 가만히 쳐다보고 있다가 엘리베이터가 열리자 또다시 물 흐르듯 한꺼번에 엘리베이터 안으로 빨려 들어갔다. 문이 닫히고 그들은 사라졌다.

검은 덩어리들이 휠체어에 탄 냉동 돔배기 사기꾼을 호송해 간 뒤에도 한 시간이나 지나서야 우리는 병원을 나올 수 있었다.

집에 돌아와서 남편은 일단 몸을 씻은 뒤 이부자리에 펴져 누웠다. 나는 병원에서 내가 사용했던 담요와 수건, 남편과 내가 병원에 입고 갔던 옷과 신었던 양말 등을 빨래통에 던져 넣었다. 그리고 나도 이틀 만에 머리를 감고 몸을 씻고 남편 옆에 뻗어버렸다. 남편은 벌써 잠들어 있었다. 부릉부릉하는 남편 특유의 코 고는 소리가 평화롭게 침실 천장으로 피어올랐다.

나는 가만히 남편의 손을 잡았다. 남편의 손은 따뜻했다.

힘든 치료를 마치고 겨우 집에 돌아와 잠든 남편을 깨우고 싶지 않았다. 나는 한 손가락으로 조심스럽게 남편의 손등을 쓰다듬었다.

좋을 때나 나쁠 때나, 건강할 때나 아플 때나,

죽음이 우리를

갈라놓을지라도.

그리고 나는 남편의 등에 얼굴을 대고 숨소리에 귀를 기울이며 남편과 함께 잠에 들었다.

개복치

선우는 열한 살이다.

선우는 남자아이다.

선우는 인형을 좋아한다.

이러한 조건들을 종합한 결과 현재 선우의 삶은 쉽지 않았다.

그리고 선우는 개복치를 만났다.

선우가 개복치를 만나게 된 이유는 아빠가 바닷가에 데려가주었기 때문이다. 물론 바닷가에 간 사람이라고 해서 누구나 개복치를 만날 수 있는 것은 아니다. 개복치는 물에서 살고 사람은 땅에서 산다. 개복치는 깊고 찬 물을 좋아하며 땅 위에서 살 수 없다. 반면 사람은 깊고 찬 물속에서 오래 버티지 못한다.

아빠는 선우를 바닷가의 전시관에 데려갔다. 그곳에는 관광용 잠수함이 있었다. 안내문과 사진에 따르면 그것은 땅에 가까운 야트막한 바닷물 속 조그만 공간을 둘러볼 수 있는 투명하고 예쁜 잠수함이었다. 선우는 아빠와 함께 잠수함에 탔다. 오른손으로는 아빠의 손을 꼭 잡고 왼팔에는 하얗고 복슬복슬한 인형을 마찬가지로 꼭 안고 있었다.

"인형 가지고 탈 거야?"

아빠가 물었다.

"응."

선우가 대답했다.

"인형 차에 두고 오면 안 돼?

아빠가 다시 물었다.

"안 돼."

선우가 단호하게 대답했다. 아빠는 더 이상 아무것도 묻지 않았다. 선우의 손을 조심스럽게 붙잡고 관광용 잠수함 탑

승 대기 줄에 서 있었다. 그리고 차례가 돌아오자 아빠는 전
시관 직원에게 어른 표 한 장을 보여주었고 선우도 어린이표
한 장을 내밀었다. 그리고 선우는 아빠와 함께 잠수함 안으
로 들어갔다. 잠수함 안은 밝았고 벽과 천장과 바닥이 모두
투명해서 어느 곳으로나 바깥을 볼 수 있었다. 잠수함 바닥
아래는 깊고 어두운 물이었다.

 "문 닫습니다."

 운항사가 통보했다. 선우와 아빠가 방금 들어왔던 전시관
연결 통로의 금속 문이 스르르 닫혔다. 그와 동시에 잠수함
안이 커튼을 친 듯, 해를 절반 정도 가린 만큼 어두워졌다.
이어서 운항사가 잠수함의 투명하고 두꺼운 둥근 문을 끌어
당겨 천천히 닫았다. 잠수함 문이 벽의 이음매에 끼워지며
텅, 하고 육중한 소리를 냈다. 선우가 서 있는 곳까지 진동이
전해졌다. 그리고 운항사가 둥근 잠금 장치를 돌렸다. 선우
는 영화나 사진에서만 보았던, 군함이나 요트 같은 배의 안
쪽 문에 달린 하얗고 둥그런 손잡이를 운항사가 돌리자 끼
리릭…… 하는 가늘고 날카로운 소리가 났다. 선우는 하얀
인형을 좀 더 꽉 움켜쥐었다. 아빠가 선우의 어깨에 손을 얹
었다.

"내려갑니다."

운항사가 말했다.

잠수함이 움직이기 시작했다. 귀가 먹먹해졌다. 선우는 침을 꼴딱 삼켰다. 고막을 끌어당기는 것 같던 답답한 느낌이 조금 사라졌다.

"조명 전환합니다."

운항사가 다시 말했다. 그 말이 무슨 뜻인지 선우가 완전히 이해하기 전에 잠수함 안의 불이 갑자기 꺼졌다. 선우는 딸꾹질을 했다. 딸꾹질을 두 번 하기 전에 잠수함 안에 금세 다시 불이 켜졌으므로 선우의 딸꾹질은 곧 멎었다. 잠수함 안에 새로 켜진 조명은 처음 탔을 때와는 다른 색깔이었다. 출발하기 전에는 형광등 같은 희고 밝은 불빛이었는데 지금은 노란색과 초록색의 꿈결 같은 불빛이 잠수함 안을 뭉게뭉게 채웠다.

"계속 내려갑니다."

운항사가 안내했다.

"우리 잠수함은 내려가는 속도가 아주 느립니다. 안전하니까 돌아다니셔도 됩니다. 마음껏 구경하세요."

그리고 운항사는 선우를 힐끗 보고 덧붙였다.

"뛰어다니지는 마시고요."

선우는 뛰지 않았다. 선우는 좁은 공간에서 뛰어다니는
것을 좋아하지 않았다. 그래서 가만히 서서 바닥과 천장을
바라보았다. 잠수함 안이 조명으로 환했다. 그에 비해 바깥
의 물은 어두워서 구경하려 해도 밖이 잘 보이지 않았다. 투
명하고 두꺼운 잠수함 바닥에 선우의 얼굴과 얼굴에 쓴 하
얀 마스크와 왼손에 든, 마찬가지로 하얀 인형이 비쳐 보일
뿐이었다. 선우는 아빠 차에 두고 온 파란 인형과 노란 인형
을 생각했다. 노란 인형도 데리고 올걸, 선우는 조금 후회했
다. 선우는 삶의 여러 상황에 대응하기 위해 여러 개의 인형
을 갖추고 있었으며 만약의 사태를 위하여 언제나 인형을
두세 개씩 데리고 다녔다. 인형을 두세 개씩 데리고 다녔기
때문에 선우가 우려하는 만약의 사태가 벌어지는 일도 자주
있었다. 세상은 선우에게 인형이 반드시 필요하다는 사실을
이해하려 하지 않았다.

인형은 선우가 남자아이인지 여자아이인지 혹은 다른 아
이인지 따지지 않았다. 그래서 선우에게는 더더욱 인형이 필
요했다. 그리고 바로 이 때문에 세상은 선우와 인형의 관계
를 더더욱 이해하려 하지 않았다. 대체로 상황은 그런 식으

로 흘러갔다.

아빠가 말했다.

"가서 구경해."

그리고 아빠는 살그머니 선우의 손을 놓았다. 아빠의 손
이 선우의 어깨를 부드럽게 밀었다. 그래서 선우는 왼손에
하얀 인형을 꼭 붙잡고 오른손에 아빠의 손을 잡지 않은 채
투명한 잠수함 안을 천천히 돌아다니기 시작했다.

잠수함은 작았고 사람은 그다지 많지 않았으며 어디로 가
도 물속은 어둡고 컴컴했다. 그 깊고 컴컴한 물의 어둠 속에
서 선우는 문득 뭔가 하늘거리는 빛을 본 것 같았다. 그러나
선우가 보았다고 생각한 순간 빛은 하늘거리며 다시 어둠 속
으로 사라져버렸다. 선우가 두리번거리고 있을 때 오른쪽의
물컹물컹해 보이는 회색 어둠 속에서 다시 하늘거리는 하얀
빛이 나타났다. 선우는 운항사의 주의에 따라 뛰지 않도록
조심하며 얼른 오른쪽으로 서둘러 움직였다. 그러나 오른쪽
으로 옮겨 간 순간 빛은 다시 깜빡 사라져버렸다. 선우가 실
망하여 고개를 돌리려고 했을 때 더욱 오른쪽에 하얀빛이
다시 나타났다. 선우는 왼손에 하얀 인형을 꼭 쥔 채 종종걸
음으로 빛이 움직이는 쪽을 향했다.

그렇게 좁은 잠수함 안에서 선우는 하늘하늘 아른거리는 바깥의 하얀빛을 따라 한 바퀴 돌았다. 그리고 한 바퀴 돌았다는 사실을 선우가 깨달은 순간 아른거리는 하얀빛은 또다시 숨어버리듯 사라졌다. 선우는 실망하기도 하고 짜증이 나기도 해서 주위를 두리번거렸다. 그때 선우는 발밑에서 뭔가 반짝이는 것을 눈치챘다. 아래를 내려다보니 한들한들 느긋하게 움직이는 하얀빛이 발밑의 무겁고 진한 어두운 물속에서 아른거리고 있었다. 선우는 빛을 좀 더 잘 보기 위해 바닥에 쪼그리고 앉았다. 인형을 잡은 왼손에 뭔가 닿았다. 선우는 왼손을 쳐다보았다. 손 아래에 손잡이가 튀어나와 있었다. 잠수함 바닥은 투명했고 그 바깥은 금속빛 회갈색 어둠이었으며 하얀 인형을 꼭 움켜쥔 선우의 왼손 아래 손잡이는 그 회갈색 배경 속에 빨갛고 선명했다.

선우는 주위를 둘러보았다. 아빠는 투명한 잠수함 바깥의 어둠을 향해 서 있었으나 눈으로는 전화기를 들여다보고 있었다. 잠수함이 일단 물속으로 내려가면 휴대전화 통신이 불가능하다는 설명을 선우는 잠수함에 타기 전에 안내문에서 읽었다. 아빠는 전화도 안 터지는데 대체 뭘 들여다보는 걸까, 선우는 잠시 궁금하게 여겼지만 곧 시선을 돌려 다른 사람들을 살폈다. 운항사는 문 옆에 있는, 허리까지 오는 나지막한 칸막이로 분리된 공간 안에서 계기판을 들여다보며 잠수함을 운전하고 있었다. 잠수함 안의 다른 관광객들도 각자 투명한 벽 앞에 서서 아무것도 없는 회갈색 어둠 속을 들여다보거나 같이 온 사람들끼리 이야기를 하거나 표를 살 때 가져온 안내 브로슈어를 읽고 있었다. 특별히 선우에게 신경 쓰는 사람은 아무도 없었다.

선우는 잠시 망설였다. 쪼그리고 앉은 뒤 왼손에 꼭 쥐고 있던 하얀 인형을 가슴과 무릎 사이에 끼웠다. 그리고 선우는 눈을 꼭 감고 양손으로 빨간 손잡이를 당겼다.

잠수함 안에 회색 바닷물이 물컹물컹 들어올 것이라고 선우는 상상했지만 눈 감은 채로 기다려도 물은 넘쳐 들어오지 않았다. 선우는 눈을 뜨고 손잡이를 내려다보았다. 빨간 손잡이에 달린 조그맣고 네모난 문이 투명한 잠수함 바닥에 입을 벌리고 있었다. 그 문 아래는 물 색깔과 똑같이 회갈색으로 어둠침침했다. 문 아래쪽도 투명한 것인지 아니면 잠수함 아랫부분이 원래 그런 색깔인지 눈으로만 보아서는 잘 구분할 수 없었다.

이런 비밀 공간에 대해서는 전시관 웹사이트에서도, 잠수함 안내문에서도 읽은 적이 없었다. 선우는 다시 주변을 둘러보았다. 아빠는 이제 전화가 터지지 않는다는 사실을 받아들였는지 휴대전화를 주머니에 넣고 멍하니 투명한 벽을 들여다보고 있었다. 운항사는 여전히 칸막이 안에서 선우에게 등을 돌리고 있었고 다른 관광객들도 제각기 일행과 떠들거나 물속을 바라보거나 자기 하고 싶은 일을 하고 있었다.

선우는 네모난 문을 밀어 완전히 젖혔다. 가슴에 끼웠던 인형을 다시 왼손에 꼭 쥐었다. 다리를 펴고 문 아래 공간으로 양발을 넣었다. 그리고 선우는 미끄러지듯 잠수함 밑바닥으로 들어갔다.

— 문이 닫힙니다.

잠수함 밑바닥의 깜깜한 어둠 속에서 기계적인 목소리가 말했다. 그리고 선우가 소리를 지르거나 딸꾹질을 시작할 새도 없이 네모난 문이 스르르 내려와 닫혔다. 잠수함의 투명한 윗부분에서 비치던 노란색과 초록색의 따뜻한 불빛이 사라졌다.

— 발진합니다.

기계 목소리가 다시 말했다. 그리고 그 말이 끝나자마자 선우는 커다란 충격을 느꼈다. 균형을 잃고 엉덩방아를 찧으며 선우는 왼손에 쥐고 있던 하얀 인형을 놓쳤다. 아무리 손을 휘둘러도 허공만 잡힐 뿐 복슬복슬하고 말랑말랑한 인형의 촉감을 찾을 수 없다는 사실을 깨닫고 선우는 다시 딸꾹질을 하기 시작했다.

— 잠수.

기계가 선언했다. 그리고 회갈색 조그만 잠수함은 아빠와 다른 관광객, 길을 알고 기계를 조작할 수 있는 운항사가 탄 투명한 잠수함에서 떨어져 나와 겁에 질린 선우와 선우의 왼손이 놓친 하얀 인형만을 안에 가둔 채로 어두운 바다 밑 무겁고 알 수 없는 물속으로 저절로 내려가기 시작했다.

"안 돼!"

선우가 딸꾹질 사이로 외쳤다.

"열어줘!"

기계 목소리는 대답하지 않았다. 회갈색 작은 잠수함은 선우의 외침에 아랑곳없이 바다 밑으로 점점 더 빠르게 내려갔다. 선우는 귓속에서부터 누군가 고막을 잡아당기는 것 같은 아픔을 느꼈다. 선우는 서둘러 침을 삼켰다. 그리고 다시 외쳤다.

"열어! 열어줘!"

— 개방합니다.

기계 목소리가 대답했다. 그러더니 위아래와 양옆, 네 군데에 조그맣고 둥근 창문이 갑자기 열렸다. 어슴푸레한 빛이 조그만 회갈색 잠수함 안을 비추었다. 아주 밝지는 않았지만 선우는 작은 잠수함 안을 둘러볼 수 있었다. 하얀 인형이 떨어져 구석으로 밀려나 있는 것을 발견하고 선우는 얼른 일어나서 달려가 인형을 안아 들었다.

"여긴 어디야?"

선우가 물었다. 그리고 딸꾹질을 했다.

그 순간 바로 옆의 둥근 창문에 거대하고 동그란 눈이 나타났다.

비명을 지르는 선우의 어깨를 누군가 가볍게 건드렸다. 선우는 딸꾹질을 하며 뒤를 돌아보았다. 아빠이기를 기대했지만 선우의 어깨에 손을 얹은 사람은 아빠가 아니었다. 검은 정장을 입은 모르는 사람이었다.

"저것은 개복치입니다."

검은 정장의 낯선 사람이 조용히 말했다.

"깊은 바다에 살지요. 평화로운 물고기입니다. 겁내지 않
아도 됩니다."

"아빠는 어디 있어요?"

선우가 딸꾹질을 하며 물었다.

"여기는 어디예요?"

"우리는 개복치를 만나러 왔습니다."

검은 정장 사람이 선우의 첫 번째 질문은 무시하고 두 번
째 질문에도 절반만 대답했다. 그리고 주머니에서 뭔가를 꺼
냈다. 선우가 피하거나 거부할 새도 없이 검은 정장 사람은
빠르고 가벼운 몸짓으로 주머니에서 꺼낸 물건을 선우의 목
에 걸어주었다.

선우는 여전히 딸꾹질을 하면서 가슴에 늘어뜨려진 물건
을 내려다보았다. 호루라기처럼 생긴 까만 물건이었다. 입에
무는 용도로 생각되는 끝부분에 빨간 점이 찍혀 있었다.

"호흡기입니다."

검은 정장 사람이 설명했다.

"긴급 상황이 되면 그 빨간 부분을 입에 물고 숨을 쉬면
됩니다."

선우는 '긴급 상황'이 어떤 상황인지 묻고 싶었다. 그러나

선우가 질문하기 전에 검은 정장 사람이 손짓으로 막았다. 검은 정장 사람은 자기 목에 건 까만 호루라기를 들어 빨간 점 부분을 입에 물었다. 그런 뒤에 호루라기를 잡고 있지 않은 손으로 선우에게 손짓했다. 선우는 내키지 않았지만 왠지 따라 해야 할 것 같아서 까만 호루라기를 집어 입에 물었다. 그리고 딸꾹질을 했다. 검은 정장 사람이 고개를 끄덕였다.

"숨을 들이마셔보세요."

검은 정장 사람이 조언했다. 선우는 조심스럽게 숨을 들이마셨다.

딸꾹질이 멈추었다.

선우는 호루라기를 입에 문 채로 기다렸다. 가슴 속에서 제멋대로 뜀뛰기를 하던 딸꾹질은 다시 돌아오지 않았다.

검은 정장 사람이 잠시 기다리다가 물었다.

"그럼 가볼까요?"

"어디로 가요?"

선우가 물었다. 검은 정장 사람이 간단히 대답했다.

"위로."

말하면서 검은 정장 사람은 검지손가락으로 위쪽을 가리켰다.

그때 잠수함 창문에 또다시 거대하고 둥그런 눈이 나타났다. 선우는 다시 조그맣게 비명을 질렀다. 그러나 조금 전만큼 겁에 질리지는 않았다. 둥그런 눈은 선우를 잠시 쳐다보다가 뭉클뭉클하고 짙은 바닷물의 어둠 속으로 사라졌다. 선우는 둥그런 눈이 사라져버린 창문을 잠시 더 쳐다보았다. 기다려도 딸꾹질은 돌아오지 않았다. 선우는 안심했다.

그리고 조그만 회갈색 잠수함은 선우를 태운 채 검은 정장 사람의 말대로 위쪽으로 움직이기 시작했다.

개복치는 햇살 아래 낮잠을 자고 있었다. 넓적한 쟁반 같은 거대한 몸의 편평한 절반이 물 위에 떠서 느긋하게 햇볕을 쬐었다. 그 위로 바닷새들이 날아왔다.

"죽은 거예요?"

선우가 물었다.

"자는 겁니다."

검은 정장 사람이 대답했다. 선우는 잠시 관찰했다. 선우에게는 바닷새들이 개복치의 비늘을 뜯어 먹는 것처럼 보였다.

"저러고 자요? 새들이 뜯어 먹는데?""

"새들은 개복치 비늘 사이에 붙은 기생충을 먹는 겁니다.

개복치를 먹는 게 아니에요."

검은 정장 사람이 설명했다. 선우는 걱정스럽게 새들을 관찰했다.

"개복치 안 아파요?"

"시원해서 좋아하는 것으로 보입니다."

검은 정장 사람이 건조하게 말했다. 그리고 제안했다.

"나가서 한번 볼까요?"

"나가요?"

선우가 놀랐다.

"냄새가 좀 날 겁니다. 그리고 발밑을 조심해야 해요."

검은 정장 사람이 당연하다는 듯이 말했다. 선우가 반대하기 전에 작은 회갈색 잠수함의 한쪽 벽면 전체가 열렸다.

선우가 가장 먼저 느낀 것은 압도적인 구린내였다. 잠수함 안에서 관찰할 때 개복치는 평화롭고 느긋해 보였지만 개복치의 냄새는 평화롭지도 느긋하지도 않았다. 구린내와 비린내가 너무 심해서 선우는 한순간 숨이 턱 막혔다. 구역질이 났다.

"바다 생물들이 원래 그렇지요. 주의하세요. 미끄럽습니다."

검은 정장 사람이 구역질하는 선우의 등을 쓸어주며 말했다. 그리고 선우는 갑자기 발밑이 앞으로 쑥 움직이는 것을 느꼈다. 잠수함 벽면이 열리면서 바닥 일부가 함께 열렸고, 거기에서 발판이 나와서 선우를 앞으로 밀어내고 있었다.

선우는 버둥거렸다. 발판은 멈추지 않았다. 선우는 그대로 개복치의 구린내 나는 몸통 위로 쓰러지고 말았다. 선우는 놀라고 역겨워서 팔다리를 휘둘렀다. 그 와중에도 손에 꼭 잡은 하얀 인형은 놓치지 않았다. 간신히 일어섰을 때 하얀 인형은 선우와 마찬가지로 구린내 나는 끈적끈적한 점액질로 뒤덮여 있었다.

"싫어!"

선우가 소리쳤다.

선우는 흙투성이가 되거나 옷에 풀물을 들이고 낙엽을 잔뜩 묻혀 오는 성격의 어린이가 아니었다. 선우는 얌전하고 단정한 것을 좋아했고 바깥에서 뛰어놀기보다는 집에서 혼자 게임하는 것을 즐겼다. 물론 요즘에는 거의 모든 아이가 집에서 게임하는 것을 즐기며 바깥에서 뛰어놀 기회를 좀처럼 얻지 못해 흙이나 풀이나 나뭇잎에 익숙하지 않다. 선우는 더욱 그러했다. 그래서 선우는 구린내와 끈끈한 점액에 항의하며 외쳤다.

"왜 이러는 거예요!"

바닷새들이 선우를 쳐다보았다. 그 외에 선우를 보아주는 존재는 없었다. 계속 소리치려다가 선우는 울음이 터질 것 같아서 이를 악물었다. 바닷새들이 관심 없다는 듯 다시 고개를 숙이고 개복치의 비늘 사이를 부리로 헤집었다. 몇몇 바닷새가 부리를 벌려 선우를 보며 깩깩 소리를 냈다.

지금 상황에서 울면 냄새나고 끈끈하고 불쾌한 상황에 눈물과 콧물을 더할 뿐이다. 그것이 더 불쾌할 가능성은 있지만 덜 불쾌할 리는 없다. 선우는 인형을 잡은 손에 힘을 주었다. 빨리 집에 가고 싶었다. 빨리 집에 가서 인형과 자신의 온몸에 묻은 끈적끈적하고 냄새나는 물질을 씻어내고 싶었다. 빨리 집에 가서 조용하고 깨끗한 자기 방에서 게임을 하고 싶었다.

"개복치가 선우 님을 만나고 싶어 했으니까요."

검은 정장 사람이 회갈색의 조그만 잠수함 안에 안전하게 서서 차분하게 대답했다. 잠수함에 타고 있을 때는 몰랐는데 잠수함은 반투명한 재질이었다. 바닷물 위에 떠올라 햇빛을 받으니 잠수함 안으로 빛이 비쳐 들어 갈색 유리 단지처럼 보였다. 끈끈하고 구역질 나는 점액질에 덮여 있지 않았다면 선우는 잠수함이 예쁘다고 생각했을 것이다.

　그때 발밑이 흔들렸다. 선우는 주위를 둘러보았다. 물속에서 뭔가 삐죽해 보이는 것이 튀어나와 있었다. 삐죽한 것이 몇 개 더 나타났을 때 선우의 발밑이 또 한 번, 그리고 다시 한번 심하게 흔들렸다. 선우는 중심을 잃고 주저앉았다. 바닷새들이 일제히 날아갔다.

　"들어와요!"

　검은 정장 사람이 잠수함 안에서 소리쳤다.

　"개복치가 뒤집힐 겁니다! 빨리 들어오세요!"

　선우는 일어서려고 했다. 그때 개복치의 거대한 온몸에서부터 또다시 강한 충격이 느껴졌다. 선우는 인형을 한 손에 쥔 채 개복치 위를 기어가기 시작했다. 개복치는 아주 컸다. 그 거대한 물고기 몸은 선우의 세 배 정도 크기였다. 미끈미끈하고 끈적끈적하고 흔들리는 표면 위를 인형을 손에 쥔 채로 기어가기란 쉽지 않았다. 기어가면서 선우는 뒤를 돌아보았다. 개복치 배지느러미 옆 바다 표면에 돌고래 얼굴이 튀어나왔다. 돌고래는 웃고 있었다. 그 순간 다시 개복치 표면에서부터 커다란 충격이 가해졌다. 개복치의 거대하고 편평한 몸이 뒤집혔다. 선우는 물 위로 높이 솟아올랐다. 그리고 그대로 떨어져 바닷물 속으로 풍덩 내던져졌다.

물속으로 가라앉으면서 선우는 허우적거리다가 인형을 놓쳤다. 바닷물은 충격적으로 짰다. 코와 입으로 물이 마구 들어왔다. 비명을 지르고 기침을 하고 물을 뱉으려고 애쓸 때마다 더 많은 물이 더 공격적으로 밀려와 선우의 입과 코와 목구멍을 뒤덮었다. 눈을 뜨면 짠물 때문에 눈이 아팠고 눈을 감으면 너무 무서웠다.

그리고 가느다란 줄 같은 것이 선우의 목을 졸랐다. 한참 끝없이 가라앉으면서 물결에 휩쓸려 가는 동안 가느다란 줄은 선우의 목을 점점 더 세게 조르기 시작했다. 선우는 양손으로 목에 걸린 줄을 잡아 뜯었다. 손에 조그맣고 단단한 것이 느껴졌다.

'호루라기.'

선우는 문득 깨달았다. 지금이 긴급 상황이다. 숨을 쉬어야 했다. 선우는 호루라기를 입에 물었다. 짠물에 눈이 아프고 어두워서 어느 쪽에 빨간 점이 찍혀 있는지 보이지 않았다. 대충 손짐작으로 납작한 쪽을 황급히 입술 안에 쑤셔 넣었다.

그리고 선우는 그 즉시 숨을 쉴 수 있게 되었다.

기침을 하거나 물을 뱉어낼 수는 없었다. 호루라기를 입에서 뗀 순간 다시 짜디짠 바닷물이 입과 코 안으로 침범해 왔다. 마신 물은 그대로 삼켜버리고 호루라기를 계속 물고 있는 수밖에 없었다.

선우는 한쪽 눈만 살짝 떠보았다. 숨을 쉴 수 있으니 왠지 눈도 뜰 수 있었다. 선우는 다른 쪽 눈도 떴다. 주위는 여전히 어두웠지만 아까처럼 눈이 마구 아프지는 않았다.

'여기가 어딜까.'

검은색, 회색, 갈색, 녹색, 그리고 짙은 푸른색 물감을 있는 대로 풀어서 전부 섞어놓은 것 같은 어둠 속에서 선우는 둥실둥실 흔들리며 생각했다.

'잠수함으로 돌아가야 할 텐데.'

선우는 생각했다.

'아빠가 많이 걱정하실 텐데.'

그리고 선우는 물속으로 떨어지면서 잃어버린 하얀 인형을 생각했다. 걱정하고 있을 아빠 더하기 잃어버린 하얀 인형의 결과로 선우는 조금 울고 싶어졌다. 그러나 눈물이 나는 순간 숨이 막히기 시작했기 때문에 선우는 억지로 주먹을 꽉 쥐고 눈물을 참았다. 또다시 짠 바닷물을 꿀럭꿀럭 마시고 싶지는 않았다.

주변은 완전한 어둠이었다. 물 밖으로 나가고 싶었지만 어디가 수면인지 짐작조차 할 수 없었다. 선우는 조용히 천천히 둥실둥실 어둠 속을 떠갔다. 광활한 물속에서 선우는 완전히 혼자였다.

바닷속에서 길을 잃었다는 상황만 빼고 생각한다면 그것은 기묘하게 평화로운 경험이었다. 어둠 속에서 박자에 맞춰 잔잔하게 몸이 흔들리자 선우는 조금씩 졸음을 느끼기 시작했다.

눈이 감기려는 순간, 딱딱한 것이 선우의 어깨에 닿았다.

— Эй.

(이봐.)

선우는 눈을 떴다.

— Ты-Сону?

(네가 선우냐?)

선우는 어깨를 건드리는 딱딱한 것을 찾아 주위를 둘러보았다. 희끄무레한 회갈색 어둠 속에 커다란 집게발 같은 것이 거무스름한 그림자처럼 나타났다.

선우는 입에서 호루라기를 뗄 수 없었으므로 대답을 할

수 없었다. 질문도 할 수 없고 비명도 지를 수 없었다. 그저 눈을 커다랗게 뜬 채로 완전히 겁에 질려 거대한 집게발을 바라보고 있을 뿐이었다. 할머니 댁에서 먹었던 대게가 생각났다. 그러나 그 대게는 이렇게까지 크지 않았다. 그리고 그때 그 대게는 분명히 말을 하지 않았다.

— Сону, да?

(선우 맞지?)

집게발이 다시 물었다. 선우가 아니라 '쏘누'처럼 들려서 선우는 이 집게발이 자기 이름을 말하고 있다는 사실을 깨닫는 데 시간이 좀 걸렸다. 어쨌든 선우는 어리둥절한 채로 고개를 끄덕였다.

— Пошли.

(가자.)

대게가 말했다. 단단하고 강력한 것이 선우의 목덜미를 붙잡았다. 그리고 무서운 속도로 회갈색 어둠 속을 가르며 어디론가 이동하기 시작했다.

헤엄쳐 가면서 대게는 뭔가 끊임없이 이야기했다.

— Понимаешь, приключение – это не что другое, как страдание. То есть, в самом деле, я сам так хотел приключение, совсем недавно, сам так думал, что это вроде абсолютно прекрасное, очаровательное, а на самом деле, оказывается, что всё это только беда, самая большая-пребольшая беда…….

(있잖아, 모험이란 그저 고생의 다른 말일 뿐이야. 그러니까 사실은 나 자신도 모험을 그토록 원했었는데, 얼마 전까지도 말이야, 모험이란 아주 아름답고 매혹적인 것이라고 생각했는데 실제로는 알고 보니까 그저 골칫거리일 뿐이야, 전부 아주 굉장히 커다란 골칫덩어리일 뿐이라고……)

선우는 듣고 있지 않았다. 들어봤자 무슨 말인지 이해할 수 없었을뿐더러 집게발에 붙잡혀서 너무 빠른 속도로 끌려가느라 선우는 정신이 없었다. 그리고 어둠에 눈이 익숙해지자 그저 숨을 쉬고 팔다리를 휘두르는 데만 온 정신을 집중하던 때는 보이지 않던 여러 가지가 보이기 시작했다. 바위처럼 생긴 덩어리에 갑자기 꽃이 피어나는가 하면 그 꽃에서 촉수가 뻗어 나와 선우의 발을 붙잡으려 했다. 선우가 막 소리를 지르려는 순간 집게발이 선우를 잡아채어 촉수에 닿지 않는 곳으로 재빨리 끌고 갔다. 그다음에는 뚱뚱하고 꼬리가 아주 커다란 주걱턱 물고기가 어디선가 나타나서 선우 옆에서 계속 헤엄치며 따라왔다. 주걱턱 물고기 뒤로는 아주 조그만 먼지 덩어리 같은 무리가 따라왔는데 선우는 그게 먼지가 아니라 어떤 특이한 종류의 생물이라는 사실을 깨달았다. 그 순간 먼지 덩어리들은 순식간에 흩어져 주걱턱 물고기와 함께 어둠 속으로 사라졌다. 아까 봤던 촉수와는 전혀 다르게 생긴 기다란 붉은 촉수가 물결을 타고 집게발 옆을 따라오다가 사라졌다. 다음 순간 하얀 불빛이 머리 위를 지나갔는데, 선우가 잠수함이나 배라고 생각해서 손을 뻗으려 하자 뼈가 도드라진 물고기 얼굴이 선우를 험상궂게 노려보았다. 선우가 손을 움츠리기 전에 집게발이 선우를 끌고 서둘러 어두운 물속으로 내려갔다. 선우는 아래쪽에 뭔가 커다란 것이 천천히 움직이는 것을 눈치챘다. 더 이상 내려가지 말라고 대게에게 말하고 싶었으나 입에서 호루라기를 뺄 수 없었다.

아래쪽에서 움직이는 그것이 뱀이라고 생각하고 선우는 겁에 질렸다. 머리가 작고 목이 아주 길었다. 그러나 그 목 뒤에는 둥그런 몸통이 연결되어 있었다. 몸통에 넓고 펀펀한 지느러미인지 발인지 모를 네 개의 기관이 달려 물속에서 움직일 때마다 빛이 닿기도 하고 닿지 않기도 하면서 희끄무레하고 거무스름하게 색깔이 바뀌어 보였다. 이런 건 그 어떤 게임에서도 본 적이 없었다. 게다가 지금 보이는 이 존재는 화면 속 그래픽이 아니라 발밑에서 진짜로 움직이고 있었다. 선우는 그 거대하고 신비로운 광경을 정신없이 바라보았다.

— Ну-ка, посмотри, внизу, там, плавает плезиозавр.

(이야, 봐라, 저기 아래쪽에 사경룡이 헤엄친다.)

집게발이 말했다.

— Такого не видишь нигде на вашей земле.

(저런 건 너희들이 사는 땅에서는 볼 수 없지.)

그때 거대한 몸통에 달린 길고 강력한 목이 방향을 바꾸었다. 조그만 머리가 선우 쪽을 향했다. 선우는 조그만 머리에 달린 커다란 입이 벌어지는 모습을 지켜보았다. 입안에 바늘처럼 가늘고 날카로운 이빨이 수십 개나 촘촘히 박혀 있는 모습이 어렴풋하게 드러났다. 선우는 어깨를 붙잡은 집게발을 황급히 툭툭 쳤다. 대게는 알아들은 듯했다.

— Нас видит? Ну, тогда······.

(우릴 봤어? 뭐, 그렇다면······.)

집게발이 여전히 선우가 이해할 수 없는 언어로 말했다. 그리고 움직임을 멈추었다.

'왜 안 가?'

선우가 속으로 외쳤다. 게를 향해 양팔을 휘둘렀다.

'도망가야지 왜 안 가냐고?!'

— Не двигайся. Спокойно.

(움직이지 마. 진정하고.)

집게발이 조용히 속삭였다. 선우는 그 말을 이해하지 못했다. 그러나 신나게 떠들던 게가 목소리를 낮추어 속삭였기 때문에 선우는 움직임을 멈추었다.

날카로운 바늘 이빨이 촘촘히 박힌 조그만 머리가 선우와 게의 몸 아래에서 이리저리 두리번거렸다. 그 모습을 지켜보는 선우에게는 조그만 머리가 다른 곳을 향하기를 기다리는 시간이 영원히 길게 이어지는 듯 느껴졌다.

그리고 사경룡은 커다랗고 넓적한 네 개의 발을 움직여 바다 밑으로 천천히 헤엄쳐 사라졌다.

선우는 호루라기 속으로 조그맣게 안도의 한숨을 쉬었다.

사경룡이 사라진 뒤에도 선우와 게는 잠시 그렇게 움직이지 않고 물속에 멈춰 있었다. 마침내 대게가 말했다.

— Ну, там идёт голова. Увидимся.

(아, 저기 대가리가 오는군. 또 보자.)

그리고 게는 선우의 어깨를 놓아주었다. 선우는 이해하지 못했다.

— Передай тётке от меня привет.

(작은엄마한테 내 인사 전해줘.)

게는 이렇게 말하고 선우를 확 밀었다. 거무스름한 물속에서 선우는 떠밀려 가다가 뭔가 단단한 것에 부딪쳤다. 입에서 호루라기를 놓치지 않으려 애쓰면서 선우는 양손으로 방금 부딪친 것을 더듬었다. 그것은 거칠거칠하면서도 왠지 미끈미끈하고 커다랗고 차가웠다. 그리고 그것은 선우에게 아무 말도 하지 않고 어디론가 천천히 움직이기 시작했다.

'어디 가? 너 누구야?'

선우는 마음속으로 외쳤다. 크고 단단하고 거칠거칠한 것이 선우 옆을 지나 천천히 헤엄쳐 갔다. 선우는 그것이 개복치라는 사실을 깨달았다. 아까 바다 위에 누워 자던 그 개복치인지는 알 수 없었다. 보통 물고기의 몸통 부분에서 갑자기 끝나버린 것처럼 생긴 개복치의 둥글넓적한 꼬리에는 오래전에 물어뜯긴 듯 푹 들어간 상처가 있었다.

개복치는 천천히 선우의 머리 쪽을 향해 움직이며 위로 올라가기 시작했다. 선우는 햇빛 아래 둥글넓적하게 드러누워 있던 개복치를 문득 떠올렸다.

'자는 겁니다.'

개복치가 다시 바다 위로 햇빛을 쐬러 올라간다면 선우도 따라서 올라가야 했다. 호루라기가 있으니 숨은 쉴 수 있었다. 그러나 이 검고 어두운 물속에 숨만 쉬는 채로 혼자 남겨지는 것을 선우는 원하지 않았다.

선우는 개복치를 따라가려고 열심히 팔다리를 움직였다. 그리고 곧 지쳐버렸다. 개복치는 힘들이지 않고 아주 쉽게 위로 올라가는 것 같았다. 선우는 힘껏 허우적거리며 개복치의 몸에 붙잡을 곳이 있는지 살펴보았다. 개복치의 머리 부분이 혹처럼 튀어나와 있었지만, 그곳을 붙잡으려면 개복치의 둥글고 표정 없는 눈과 마주쳐야 했다. 그건 무서워서 싫었다. 등지느러미를 붙잡는 게 가장 좋겠지만 개복치가 너무 빠르고 너무 커서 선우가 개복치를 앞질러 위쪽으로 헤엄쳐 올라가 등지느러미에 닿는 일은 쉽지 않아 보였다. 개복치의 배지느러미 아래 선우는 뭔가 조그만 물고기들이 매달려 있는 것을 보았다. 선우는 그쪽으로 서둘러 헤엄쳐 갔다.

머리가 납작하게 짓눌린 것처럼 생긴 물고기들이 개복치

몸에 여기저기 붙어 있었다. 선우는 그 물고기의 꼬리를 붙잡았다. 선우가 당겨도 물고기는 개복치 몸에서 떨어지지 않았다. 납작한 물고기의 꼬리를 놓치거나 물고기가 떨어질 것 같으면 선우는 다른 물고기 꼬리를 옮겨 잡았다.

개복치는 선우와 납작한 물고기들을 매단 채 바다 밑바닥에서 수면까지 천천히 쉬지 않고 느긋하게 움직여 평화롭게 헤엄쳐 올라갔다. 선우는 이 단단하고 거칠거칠하고 거대한 물고기와 그 표정 없는 둥그런 눈이 점점 덜 무서워졌다.

바다 표면에 도착하자 개복치는 천천히 느긋하게 몸을 뒤집었다. 선우는 드러누운 개복치 위로 기어 올라갔다. 물속에 있을 때는 몰랐지만 물 밖에 드러난 개복치의 몸은 선우가 아까 질색을 했던 그 구린내 나고 미끈미끈한 점액으로 뒤덮여 있었다. 선우는 그 냄새가 여전히 싫었다. 그러나 어쩐지 처음에 개복치 위로 미끄러졌을 때만큼 구역질 나고 역겹지는 않았다.

선우는 일어섰다. 젖어서 얼굴에 달라붙는 머리카락을 치우고 입에서 호루라기를 뺐다. 개복치 구린내와 바다 위의 비린내가 섞인 공기를 들이마셨다.

"고마워."

선우가 개복치에게 조그맣게 말했다. 개복치는 대답하지 않았다. 바다 표면에 누워서 햇볕을 쪼일 뿐이었다. 선우는 개복치가 행복해 보인다고 생각했다. 바닷새들이 날아왔다.

"그런데 난 이제 어떻게 집에 가지?"

선우가 중얼거렸다.

마치 그 질문에 대답하듯, 개복치 꼬리 부근에서 소리 없이 조그만 회갈색 잠수함이 솟아올랐다. 선우의 눈앞에서 잠수함 벽면 전체가 위쪽으로 열렸다. 안에서 검은 정장 사람이 선우에게 손짓했다.

"이제 돌아가죠."

검은 정장 사람이 마치 아무 일도 없었다는 듯이 말했다.

"아버지가 기다리십니다."

선우가 고개를 끄덕였다. 그리고 잠자는 개복치 위를 조심조심 움직여 바닷새 사이를 피해 잠수함 안으로 들어갔다. 그러다 선우는 바닷새 한 마리가 자신을 향해 입을 크게 벌리고 깩깩거리는 것을 보았다. 선우도 지지 않고 입을 크게 벌리고 메롱, 하고 혀를 내밀었다. 바닷새가 선우를 향해 발톱을 내밀고 날아오르기 전에 선우는 얼른 잠수함 안으로 들어갔다. 잠수함 벽이 매끄럽게 내려와 닫혔다.

검은 정장 사람이 선우에게 수건을 주었다. 선우는 젖은 머리카락과 얼굴을 대충 문지르고 몸에 묻은 구린내 나는 점액을 닦아냈다. 구린내는 아무래도 잘 지워지지 않았다. 엄마가 싫어하겠다고 선우는 생각했다.

"인형을 잃어버렸어요. 하얀 인형."

수건을 돌려주며 선우가 검은 정장 사람에게 불평했다.

"그래요?"

검은 정장 사람이 잠수함 운항 기계를 조작하며 말했다.

"빨판상어가 알 겁니다. 한번 물어보죠."

— 발진합니다.

빨판상어가 누구인지, 어떻게 안다는 건지 선우가 자세히 묻기 전에 잠수함의 기계 목소리가 선언했다.

회갈색 잠수함 천장에 노란색과 초록색 불빛이 반짝였다. 검은 정장 사람이 손을 뻗어 천장에 붙은 빨간 손잡이를 돌렸다. 그리고 사다리를 당겨 꺼내주었다.

"올라가십시오."

검은 정장 사람이 말했다. 선우는 잠시 생각했다.

"개복치가 우리를 왜 만나고 싶어 했어요?"

"어린이가 찾아온 건 오랜만이니까요."

검은 정장 사람이 말했다. 선우는 그 대답에 왠지 만족했다. 그러나 또 다른 질문이 있었다.

"개복치는 왜 뒤집혔어요?"

"돌고래가 밀었기 때문입니다."

검은 정장 사람이 설명했다.

"개복치가 자고 있으면 종종 그렇게 돌고래들이 와서 괜히 밀어서 뒤집습니다."

"왜요?"

선우가 물었다.

"돌고래는 그게 재미있으니까요."

검은 정장 사람이 대답했다. 선우가 놀랐다.

"어째서요? 돌고래는 착한 동물 아니었어요?"

"착하거나 나쁜 동물 같은 건 없습니다."

검은 정장 사람이 사무적으로 말했다.

"우리는 그냥 동물입니다."

그리고 선우가 더 질문하기 전에 검은 정장 사람이 천장을 가리키며 재촉했다.

"탐험이 거의 끝났습니다. 잠수함이 멈추었는데 선우 님이 보이지 않으면 아버지가 걱정하실 겁니다."

선우는 고개를 끄덕였다. 그리고 서둘러 사다리를 오르기 시작했다. 천장의 문을 통해 큰 잠수함으로 나가려다가 선우가 마지막으로 검은 정장 사람에게 물었다.

"아빠한테 얘기해도 돼요?"

검은 정장 사람은 곧바로 대답하지 않았다. 선우를 바라보며 처음으로 미소 지었다.

"아버지가 선우 님 말을 믿어줄 것 같으면, 말해도 됩니다."

그것은 중요한 지적이었다. 아빠는 아빠니까 아마 선우의 말을 믿어줄 것이다. 그러나 아빠는 어른이니까 선우의 말을 안 믿어줄지도 모른다. 선우는 결정할 수 없었다.

"그 게는 누구예요?"

고민하다가 선우가 문득 생각나서 물었다.

"말이 엄청 많고 다리 한쪽이 없었어요."

"올라가십시오."

검은 정장 사람이 대답 대신 손짓하며 재촉했다.

선우는 잠시 고민했다. 그리고 노란색과 초록색 불빛이 따뜻하게 빛나는 크고 투명한 관광용 잠수함 안으로 기어 올라갔다.

개복치   **173**

"다 봤어?"

선우가 옆으로 다가가자 아빠가 고개를 돌리고 물었다. 아빠의 얼굴에는 걱정하는 기색도, 화난 기색도 전혀 없었다. 아빠는 평온했다. 마치 선우가 어디 갔다 왔는지 다 알고 있는 것 같았다. 혹은 선우가 어딘가 갔다 왔다는 사실 자체를 전혀 모르는 것 같기도 했다.

"아빠, 나, 개복치 만났고, 대게하고, 인형⋯⋯."

선우가 두서없이 말을 꺼냈다. 그러나 자세한 이야기를 늘어놓기 전에 운항사가 선내 방송으로 말하기 시작했다.

"여러분, 바다 밑에서 즐거운 시간 보내셨습니까? 저희 잠수함은 이제 곧 여러분이 떠나오신 육지로 돌아갑니다. 바다 밑의 행복한 추억을 간직하시고, 문이 열리면 차례대로 질서 있고 안전하게 내려주시기 바랍니다. 저희 바다 밑 잠수함 모험을 선택해주셔서 진심으로 감사드리며 다시 뵙게 될 날을 기다리겠습니다."

잠수함이 가볍게 흔들린 뒤에 멈추는 것이 느껴졌다. 바닥과 벽에서 흘러나오던 기계음과 진동이 멈추었다. 이어서 문이 열렸다. 사람들이 들어올 때처럼 천천히 줄을 서서 한 명씩 문을 빠져나갔다. 운항사가 나가는 사람들에게 인사했다.

선우와 아빠도 운항사에게 인사하고 잠수함을 나왔다.

잠수함을 나와서 연결된 복도를 걸어 선우는 아빠와 함께 전시관 출구로 향했다. 출구를 지키던 직원이 선우에게 종이 쇼핑백을 건넸다.

"저희 전시관을 방문해주시는 어린이 손님들께 특별 기념품을 선물해드리고 있습니다."

직원이 말하며 가볍게 허리를 굽혀 인사했다.

"찾아와주셔서 감사합니다. 또 뵐 날을 기다리겠습니다."

선우는 아빠를 쳐다보았다. 아빠가 고개를 끄덕였다. 선우는 직원이 내미는 종이봉투를 받아 들었다.

"안에 뭐 들었어?"

전시관을 나와서 주차장을 향해 걸으며 아빠가 물었다. 선우는 쇼핑백 안을 들여다보았다.

잃어버렸다고 생각했던 하얀 인형이 가장 먼저 눈에 띄었다. 선우는 하얀 인형을 꺼냈다. 하얀 인형은 보송보송하고 말랑말랑했다. 개복치의 끈끈한 점액질도, 짜고 따가웠던 바닷물도 묻어 있지 않았다. 선우는 하얀 인형을 가슴에 안았다. 희미하게 바다 냄새가 났다.

차 안에서 선우는 쇼핑백 안에 들어 있는 다른 물건들을 하나씩 꺼내 보았다. 사진 엽서가 들어 있는 작은 종이 케이스와 전시관 소개 브로슈어는 별로 흥미롭지 않았다. 개복치 인형은 아주 귀여웠다. 선우를 이끌고 바다 위로 나왔던 개복치처럼 인형도 이마에 혹이 불룩하게 나 있었고 몸통은 밝은 회색에다 입과 이마 주변이 발그스름했다. 다만 실제 개복치와는 달리 인형은 거칠거칠하거나 단단하지 않고 보드랍고 폭신했다. 그리고 인형 개복치도 꼬리 부분이 한 입 뜯어 먹힌 듯 움푹 들어가 있었다.

"개복치 인형이 사실적이네."

아빠가 룸미러를 통해 뒷좌석을 바라보며 평했다. 그리고 안전벨트를 매고 안경을 꺼내 쓰고 차에 시동을 걸었다. 아빠는 운전할 때만 안경을 썼다.

"안전벨트 맸어?"

아빠가 고개를 돌려 선우를 향해 물었다. 선우는 개복치 인형을 서둘러 내려놓고 안전벨트를 맸다. 아빠가 차를 출발시켰다.

"재미있었어?"

아빠가 물었다.

"응."

선우가 대답했다.

"정신없었지만, 재미있었어."

그리고 선우는 개복치 인형을 하얀 인형과 나란히 무릎 위에 올려놓았다. 끈끈하고 냄새나는 건 싫었지만 선우는 개복치가 마음에 들었다. 알아듣지 못할 말을 수다스럽게 늘어놓던 데게도 마음에 들었다. 바닷속에서 구경한 비일상 적이고 꿈결 같던 광경들이 선우는 모두 마음에 들었다. 그 중에서도 이제 그 모험이 다 끝나고 아빠와 함께 집으로 돌 아간다는 사실이 선우는 가장 마음에 들었다. 개복치 인형 을 만지작거리며 선우가 말했다.

"아빠, 개복치가 바다 위에서 자고 있으면 돌고래가 와서 막 밀고 부딪친다?"

"그래? 그럼 개복치는 어떻게 하는데?"

아빠가 갑자기 빨간불로 바뀌어버린 전시관 앞 사거리의 신호등을 노려보며 물었다.

"뒤집혀."

선우가 말했다. 아빠가 웃었다.

신호가 바뀌었다. 아빠가 천천히 좌회전을 했다.

차창으로 내리쬐는 따뜻한 햇볕을 받으며 선우는 무릎 위에 놓인 하얀 인형과 개복치 인형을 만지작거렸다. 아빠에게 얘기할지 말지는 집에 가서 좀 더 생각해봐야겠다고 선우는 결정했다.

"돌고래가 계속 밀치면 개복치가 어떻게 하는지 알아?"

아빠가 갑자기 물었다. 선우는 조금 놀라서 고개를 들었다.

"몰라."

선우가 대답했다. 아빠가 다시 웃었다.

"그거 개복치 학명이다? 몰라 몰라(Mola mola)."

아빠는 가끔 이렇게 아재 개그를 한다. 선우는 대화를 본래 주제로 되돌릴 필요를 느꼈다.

"돌고래가 계속 밀치면 개복치가 어떻게 하는데?"

선우가 물었다.

"싸워?"

"아니."

아빠가 말했다.

"그냥 다른 데로 가."

"안 싸워?"

선우가 조금 실망했다.

"개복치 큰데?"

"크니까 안 싸우는 거야. 크면 안 싸워도 되거든."

아빠가 말했다.

다시 신호가 빨간불로 바뀌었다. 아빠가 차를 세웠다.

선우가 물었다.

"그럼 나도 싸우지 마?"

"안 싸우면 제일 좋지만, 우리는 그렇게 크거나 강하지 않으니까."

아빠가 신호등을 쳐다보며 대답했다.

"선우한텐 선우의 방식이 있겠지."

선우는 아빠의 대답을 잠시 고려했다. 그리고 물었다.

"어떤 방식?"

아빠가 파란불을 바라보면서 조심스럽게 차를 출발시켰다.

"살다 보면 알게 되겠지."

아빠가 작게 말했다.

"아빠는 아빠 방식이 있어?"

선우가 물었다. 아빠는 한참 생각하다가 곤란한 듯 대답했다.

"사실 아빠도 잘 몰라."

집에 도착할 때까지 남은 짧은 시간 동안 선우는 차창으로 내리쬐는 햇볕을 받으며 개복치 인형을 만지작거렸다. 크고 거칠고 딱딱하고 햇볕 아래에서 심하게 냄새가 나던 개복치의 몸을 생각했다. 뜯어진 개복치 꼬리와, 갑자기 나타난 대게와, 정체를 알 수 없는 검은 정장 아저씨에 대해 이야기하고 싶은 것도 묻고 싶은 것도 너무 많았다. 그러나 어쨌든 집에 갈 때까지는 선우도 개복치를 흉내 내어 따뜻한 햇볕을 느긋하게 즐기기로 했다.

해파리

불온한 꿈을 꾸었다. 하늘에서 죽음이 꽃처럼, 비단처럼, 별의 장막처럼 쏟아져 내렸다. 모든 색으로 반짝이는 죽음이 부드러운 거짓 희망처럼 한껏 부풀어 올랐다가 하늘하늘하게 빛나는 가느다란 여러 줄의 다리를 출렁이며 날개를 펄럭이며 세상을 품에 안았다. 그것은 내가 평생 보았던 광경 중에서 가장 아름다웠다. 나는 도망치지 않고 지켜보았다. 사실 도망칠 곳이 없었다. 사방 모든 곳이 죽음의 부드럽고 반투명한 품에 안겨 맥박 치고 있었다. 살과 뼈가 순식간에 갈라지며 몸에서 불길이 솟아 나왔다. 나는 비명을 지르며 깨어났다.

"왜 그래요?"

남편이 물었다. 나는 주위를 둘러보았다.

고속도로 졸음 쉼터였다. 나는 차를 세우고 좌석을 뒤로
젖혀 잠시 눈을 감고 누웠던 것을 기억했다. 남편은 그사이
에 화장실에 다녀오겠다고 했다.

몸에서 불길이 뿜어져 나오던 감각이 아직도 발목에 남아
있었다. 나는 왼쪽 발목을 내려다보았다. 복숭아뼈가 보이지
않을 정도로 심하게 부어 있었다.

"왜 그래요?

남편이 다시 물었다. 나는 대답을 할 수 없었다. 말없이 오
른손으로 왼쪽 발목을 가리켰다.

남편이 조수석 문을 열고 나와 차 앞으로 돌아서 운전석
쪽으로 왔다.

"어?"

남편의 표정이 심각해졌다.

"많이 부었네? 벌에 쏘였어요?"

남편이 운전석 바깥의 아스팔트 바닥에 쪼그리고 앉았다.

"다리 뻗어봐요."

남편은 이렇게 말하며 내 발목을 잡았다. 내 다리를 차 밖
으로 뻗게 한 뒤 상처 부위를 더 자세히 들여다보려는 의도
였다. 나는 그대로 굳어졌다. 남편의 손이 발목에 닿은 순간
불에 타는 듯한 통증이 온몸을 순식간에 뒤덮었다. 너무 아
파서 비명조차 지를 수 없었다. 남편이 깜짝 놀라 내 발목을
잡았던 손을 떼었다. 그 뒤에도 나는 한참 동안 그 자세 그
대로 양손으로 단단히 주먹을 쥔 채 이를 악물고 다시 숨을
쉴 수 있을 때까지 기다려야 했다.

"벌이 아니에요……."

마침내 내가 중얼거렸다. 남편이 손을 휘둘러 주변의 모기
를 쫓았다.

"차 문 닫을게요……."

내가 힘겹게 속삭였다. 남편이 일어섰다. 나는 양손으로
왼쪽 무릎을 잡고 다리를 다시 조심스럽게 운전석 아래로
집어넣었다. 남편은 내가 다리를 차 안으로 완전히 집어넣은
것을 확인하고 차 문을 도로 닫았다.

사실 다리를 뻗으니까 조금 나아지는 기분이 들기는 했
다. 그러나 해가 졌는데도 여름날의 공기는 여전히 너무 뜨

거웠고 무엇보다도 주변에 모기가 너무 많았다. 발목이 이렇게 아픈데 모기한테까지 물리면 내일쯤엔 어떻게 될지 생각만 해도 무서웠다. 나는 좁은 차 안에서 최대한 다리를 길게 뻗었다.

우리는 함께 구미에 다녀오는 길이었다. 비정규직 노동자 백수십 명이 외국계 투자 회사에서 근무하다가 노동조합을 결성하자마자 벼락같이 문자 한 통으로 부당 해고를 당한 뒤에 8년째 싸우고 있었다. 불법 파견, 부당 해고가 맞다는 판결을 받고도 회사는 함부로 내쫓은 노동자들을 복직시키지 않았다. 생계를 위해 다들 다른 일자리를 찾아 뿔뿔이 흩어지고 이제 스물세 명이 남았다. 회사는 그중 지회장 한 명을 제외한 스물두 명에게 정규직 복직을 제안했다. 8년 복직 투쟁의 구심점을 몰래 따돌리고 동지애를 정규직과 맞바꾸라는 제안을 들은 비정규직 노동자들은 매우 원색적인 반응을 보였는데, 작가로서의 위신과 체면을 고려하여 사회적 물의를 일으키지 않기 위해 이 답변을 순화한 언어로 표현하자면 "치아라 마"로 요약할 수 있다. 이 외국계 투자 회사는 중앙과 지방 정부의 환영을 받으며 한국에 들어와서 공장 부지도 공짜로 사용하고 세금도 감면받고 여러 가지

혜택을 누리며 한국 노동자들을 비정규직으로 고용해서 껌처럼 씹고 단물이 빠지면 버렸다. 기술을 빼내고 축적해온 노하우를 가로챈 뒤 공장을 닫거나 또 다른 외국계 회사에 팔아버리고 떠났다. 회사의 주인이 바뀔 때마다 회사의 진짜 주인인 노동자들은 해고의 위협과 생계의 무게 앞에서 근심과 두려움에 잠겨야 했다. 구미뿐 아니라 다른 지역에서도 벌어지는 일이었고, 구미에는 국가산업단지가 있어서 더 흔하게 볼 수 있는 일이기도 했다.

나는 창밖의 하늘을 쳐다보았다. 밤하늘은 그저 깜깜했다. 어차피 나는 별자리를 읽지도 못하고 인공위성과 별을 구분하지도 못했다. 나는 반투명하게 다채로운 색깔로 빛나는 흐릿한 둥근 장막이 아른아른하게 검은 밤하늘을 감싸고 규칙적으로 오므라들었다가 퍼지기를 반복하며 천천히 떠가는 모습을 보았다.

"운전할 수 있겠어요?"

남편이 다시 차 앞으로 돌아 운전석 문을 또 열고 재차 내 발목을 내려다보며 걱정스럽게 물었다. 그때까지 나는 시간이 얼마나 지났는지도 모르고 멍하니 밤하늘의 반짝이는 둥근 장막을 바라보고 있었다. 남편의 건강 상태로는 밤에 오랫동안 운전을 할 수 없다. 내가 물었다.

"해파리에 쏘이면 어떻게 해야 돼요?"

남편이 어리둥절한 표정으로 나를 쳐다보았다.

"해파리?"

나는 발목을 내려다보았다. 왼쪽 발목은 그사이에 더욱 불길하고 공격적인 색조를 띠며 시뻘겋게 변해 있었다.

"응급실에 가야죠."

남편이 말했다.

그래서 우리는 응급실로 향했다.

그리고 바로 그 때문에 우리는 또다시 검은 정장 사람들에게 끌려가게 되었다.

늦은 시간이라 응급실은 매우 붐볐고 우리는 밤새 기다려야만 했다. 기다리는 동안 왼쪽 발목에서 온몸으로 불길이 퍼져 당장에라도 타 죽을 것 같던 아픔이 다행히 차츰 수그러들었다. 나중에는 응급실 의자에 실수로 왼발을 문질렀을 때도 화끈거리는 정도로 나아져서 비명을 지르지 않고 넘어갈 수 있었다. 그사이에 남편은 응급실 의자에 기대앉은 채 잠들었다. 나는 잠들 수 없었다. 그래서 우리와 함께 들어

온 아이를 보고 있었다. 아이는 서너 살 정도로 아장아장 걷는 나이였는데 얼굴을 벌레에 물렸는지 여기저기 벌겋게 붓고 한쪽 눈꺼풀이 너무 부어서 눈이 거의 감겨 있었다. 아이도, 아이를 데리고 온 남자도 잔뜩 겁에 질린 표정이었다. 응급실 안쪽에 소아응급과가 따로 있어서 아이는 남자와 함께 먼저 진료를 받았다. 소아응급과 진료실 안에서 아이가 불붙은 듯 울부짖는 소리가 들렸다. 나는 깜짝 놀랐다. 곧이어 남자가 훌쩍이는 아이를 안고 진료실을 나왔다.

아이는 아마 알레르기 반응을 가라앉히는 주사를 맞은 모양이었다. 약 처방과 수납을 기다리는 사이에 아이의 부어오른 눈꺼풀과 얼굴의 벌건 자국들이 빠르게 가라앉았다. 그리고 눈을 제대로 뜰 수 있게 되자 아이는 그 나이대 특유의 활력을 발휘하여 응급실을 돌아다니고 대기실 의자에 기어오르다 마침내 높은 장식장 위에 놓인 텔레비전을 향해 등반을 시작했다.

특정 연령대 영유아는 날아다닐 수 있는 모양이다. 아이의 보호자는 아마도 공동 양육자에게 전화하여 상황을 보고하고 있었던 것 같은데, 아이가 날아다니기 시작하자 당황하여 전화를 끊었다. 성인 남성의 힘으로도 날아다니는 아이를 잡을 수는 없었다. 나는 모르는 아이의 상태가 급격히 호전된 데에 급격히 안심했다. 그래서 이후로는 남성 양육자가 날아다니는 아기를 붙잡으려 응급실 안을 뛰어다니는 모습을 흥미롭게 감상했다. 아이는 몹시 즐거운 듯 밝은 소리로 웃으며 능숙하게 의자 사이의 공간을 헤엄치고 아무리 봐도 잡을 곳이 전혀 없는 벽과 문을 수월하게 등반했다. 나는 겨드랑이에 날개가 달렸다는 〈아기장수〉 설화를 떠올릴 수밖에 없었다. 저 어린이가 미래에 큰 인물이 될 것이 틀림없다고 나는 확신했다. 이 모든 혼란의 와중에도 남편은 그 특유의 부릉부릉 소리로 코를 골며 응급실의 불편한 의자에 편안하게 파묻혀 태평하게 숙면을 취하고 있었다.

검은 정장 사람들은 응급실 바닥에서 솟아나기라도 한 것처럼 어느 순간 우리 앞에 나타났다.

"가시죠."

검은 덩어리가 마치 미리 약속이라도 해두었다는 듯 태연자약하게 말했다.

나는 남편을 다급하게 흔들었다. 남편이 귀찮다는 듯이 눈을 한쪽만 떴다.

"뭐예요?"

남편이 검은 덩어리를 향해 물었다.

"가시죠."

검은 덩어리가 차분하게 다시 말했다.

"집회 참석했다고 무작정 잡아가는 건 대체 어느 나라 법입니까?"

남편이 양쪽 눈을 도로 다 감은 채 입만 비죽 내밀어 몹시 성가시다는 어조로 항의했다.

"집회 때문이 아닙니다."

검은 덩어리가 감정이 전혀 없는 어조로 조용히 대답했다.

"그건 여기서 치료 못 합니다."

남편이 양쪽 눈을 다 떴다. 검은 덩어리는 내 왼쪽 발목을 가리키고 있었다.

남편이 나를 바라보았다. 나는 난감하다는 표정을 지었다. 사실 응급실에서 치료를 할 수 있는지 없는지는 둘째 치고 사람이 너무 많아서 치료받기를 기다리다가 늙어 죽을 지경이었다.

남편이 결단을 내렸다.

"그럼 갑시다."

그리고 남편은 아주 내키지 않는다는 듯 끙, 소리를 내며 천천히 몸을 일으켰다. 나는 검은 덩어리가 내미는 손을 피해 왼쪽 발이 또 의자 다리에 닿지 않도록, 그리고 왼쪽 다리에 몸무게를 싣지 않도록 조심하며 자리에서 일어섰다. 검은 차를 타고 어딘지 모를 검은 빌딩으로 또 실려 가는 동안 (벌써 몇 번째란 말인가? 내 팔자) 나는 머리가 아프고 속이 메슥거리기 시작했지만 그것이 멀미라고 생각해서 아무 말도 하지 않고 참았다. 남편은 차에 타자마자 또다시 속 편하게 잠들어 검은 빌딩에 도착할 때까지 계속 부릉부릉 코를 골고 있었다.

누가, 어디서, 언제, 무엇을, 어떻게, 왜. 검은 정장 사람들은 이 여섯 가지 원칙에 충실히 따라 나에게 왼쪽 발목의 상처에 대해 질문했다. 나는 잘 대답하지 못했다. 대답할 수 있을 리가 없었다. 고속도로에서 운전하다가 졸려서 졸음 쉼터에 잠시 정차했는데 졸다 깨보니까 이렇게 됐다는 것 외에 달리 대답할 말이 없었다. 검은 정장 사람들은 끈질기게 같은 질문을 하고 또 했다. 그리고 내 발목의 상처를 들여다보고 자기들끼리 뭔가 토론하고 발목 사진을 이 각도 저 각도에서 찍고 다시 토론했다. 나는 그 모습을 이번에도 안경도 없이 지켜보아야 했다. 왜 자꾸 안경은 가져가는 것일까? 눈이 잘 안 보이고 응급실에서 밤을 새워서 몹시 졸렸다. 그리고 머리가 점점 더 아파왔다. 차에서 내렸는데도 메슥거림이 가라앉지 않았다.

남편이 마침내 물었다.

"치료는 안 해줍니까?"

검은 덩어리는 대답하지 않았다. 다른 검은 정장 사람이 자와 카메라를 가지고 다가왔다. 검은 정장 사람이 내 앞에 쪼그리고 앉아서 왼쪽 발목의 부은 곳에 자를 가져다 댔다. 자는 차가웠고 피부에 닿자 몹시 따가웠다. 나는 나도 모르게 펄쩍 뛰어 일어나다가 검은 정장 사람을 밀어 넘어뜨릴 뻔했다. 남편이 나를 따라서 황급히 일어섰다.

"앉으십시오."

검은 덩어리가 말했다. 나는 의자에 주저앉았다. 토할 것만 같았다. 남편은 앉지 않았다.

"치료해준다고 해서 같이 왔는데 왜 치료 안 해줍니까?"

남편이 내 앞으로 와서 다시 내 발목에 자를 대려는 검은 정장 사람 앞을 막아서며 물었다.

해파리   193

"치료해준다고 한 적은 없습니다."

검은 덩어리도 남편 앞으로 다가오며 말했다.

"일반적인 응급실에서 치료할 수 없다고 말했을 뿐입니다. 여기로 함께 와주신 것은 두 분의 자의입니다. 우리가 유도하거나 강제한 게 아닙니다."

"그런 말장난 하지 말고……."

남편이 뭔가 항의하려 했다. 나는 두통과 메슥거림을 더 이상 참을 수 없었다. 입을 열면 토할 것 같았기 때문에 나는 양손으로 입을 막은 채 일어섰다.

검은 덩어리가 뭐라고 위협하려 했다. 자를 들고 있던 검은 정장 사람은 그보다 눈치가 빨랐다. 옆으로 비켜서며 황급히 문을 열어주었다. 나는 일어서서 왼 다리를 절룩거리며 창문 없는 방에서 뛰어나갔다. 화장실이 어디인지도 모르면서 왼 다리가 허락하는 한 전속력으로 달려 나가 벽에 화장실 안내판 같은 게 보이는 곳으로 무작정 뛰어들었다. 토하는 동안 내내 귀가 울렸다. 전부 토하고 나서 일어났을 때에도 귀울림이 멈추지 않았다.

"그 외에 다른 꿈은 꾼 적 없습니까?"

화장실에서 나왔을 때 복도에 서 있던 검은 덩어리가 조용히 물었다. 나는 꿈을 꾸었다고 말한 적이 없었다.

"소리가 들리지는 않습니까?"

검은 덩어리가 다시 물었다. 나는 그 말에 질문도 대답도 할 수 없었다.

"살해당한 비인간 생물의 귀신을 본 적이 있습니까?"

다시 구토가 일어나서 나는 도로 급히 화장실에 뛰어들었다. 위장 속을 짜내는 동안 내내 머릿속에서 '귀신' '살해' '비인간'이라는 단어들이 뒤죽박죽이 되어 이리저리 튀고 빙글빙글 돌았다. 그래서 나는 좀 더 토했다.

다시 화장실에서 나왔을 때는 검은 정장 사람들 사이에서 화가 잔뜩 난 표정의 남편 옆에 하얀 가운을 입은 의료인이 나를 기다리고 있었다. 검은 정장 사람들이 의자를 내밀었다. 저항할 기운이 남아 있지 않았다. 나는 의자에 축 늘어졌다. 의료인이 내 발목을 살폈다.

"촉수가 남아 있지는 않네요……."

의료인이 말했다. 의료인이 내 발목에 약을 바르고 붕대를 감았다. 그리고 의료인이 권하는 대로 물을 조금 마시고 기운이 돌아올 때까지 앉아 있다가 나는 남편과 함께 마침내 검은 건물에서 풀려났다. 우리 차를 병원 주차장에 방치하고 검은 차에 실려 왔기 때문에 택시를 불러 병원까지 돌아가야 했다.

택시를 기다리는 동안, 남편과 함께 땀을 흘리며 나는 '해양정보과'라는 낡은 현판이 붙은 조그만 철제 대문 건너편에 서서 하늘을 바라보았다. 이미 해가 중천에 떠 있었다. 공기는 밥통 속처럼 뜨거웠다. 어지러울 정도로 새파란 여름 오전의 하늘에는 구름이 몇 점 떠다니고 있었다. 날개를 펄럭이는 죽음은 보이지 않았다.

택시에서 또 토할까 봐 불안했지만 다행히 더 이상은 구토가 나오지 않았다.

"주차비가 산더미만큼 나왔을 텐데."

내가 걱정했다.

"발목은 괜찮아요?"

남편이 걱정했다.

의료인이 약을 발라준 뒤로 왼쪽 발목의 상처는 점점 가라앉고 있었다. 그래도 남편은 내 발목을 자꾸만 내려다보았다.

귀울림은 멎지 않았다.

해파리는 1990년대 이후 개체 수가 급격히 늘어나면서 한국을 포함한 여러 나라에서 해양 관리의 대상이 되고 있다. 발전소의 냉각수 취수구를 막아 발전소 가동이 중단되는 사고가 일어나는가 하면 바닷가에 놀러 온 관광객이 해파리에 쏘이는 일도 자주 일어나는데, 2012년에는 어린이가 해파리에 여러 군데 쏘여 치료를 받다 결국 사망하는 사건도 있었다. 해파리는 바닷물이 따뜻해지면 숫자가 불어나는 것으로 알려져 있다. 기후 변화와 지구온난화로 인해 바닷물이 점점 따뜻해지면서 오징어나 문어, 게 등이 잡혀야 할 해역에서 해파리만 잔뜩 잡히는 경우가 늘고 있어 어민들에게 큰 손해인 데다 그물에 잡힌 해파리를 처치해야 하는 골칫거리만 안겨주기도 한다. 해파리는 콩알만 한 작은 종류부터 2미터가 넘는 대형종까지 크기가 다양한데 몸의 대부분이 물로 이루어져 있어 사람이 바닷속에서 수영할 때 눈으로 보고 구분해서 피하기가 힘들기 때문에 더 위험하다. 그래서 해파리가 많은지 적은지, 숫자가 늘어났는지 줄어들었는지 감시하고 관리하기 위해 무인기를 이용해서 바다 표면을 촬영한다거나 일정한 주파수의 음파를 쏘아 측정하는 등 여러 가지 기술이 개발되고 있다.

"해파리냉채 맛있는데."

해파리에 대해 내가 조사한 결과를 들려주자 남편이 입맛을 다시며 말했다. 그리고 남편은 휴대전화를 꺼내 뭔가 대단히 열정적으로 검색하기 시작했다.

"저녁에 팔보채 먹을까요?"

남편이 화면을 들여다보며 물었다.

식용으로 사용하는 해파리는 대략 10여 종이며 대부분 동남아시아나 중국 등지에서 수입한다. 한국 해안에 자주 출몰하는 노무라입깃해파리와 보름달물해파리는 독성이 강하고 비린내가 심해서 먹을 수 없는 것으로 알려져 있었다. 그러나 식품의약품안전처가 최근에 영양학적 분석과 안전성 검사를 통해 먹을 수 있다고 인정했다고 한다. 식품안전처에도 남편 같은 인물들이 많은 것인지도 모른다. 사실 팔보채에는 해파리가 들어가지 않지만 남편이라면 충분히 해파리가 들어가는 팔보채를 만들어내고도 남았을 것이다. 한국인의 식생활 문화 전체가 남편 같은 사람들을 통해 발전했는지도 모른다. 남편이 노동운동에 투신하지 않고 식품안전처에 입사했다면 남편도 암에 걸리지 않고 한국인들은 아마 지금보다 훨씬 다양한 음식을 먹고 있을지 모른다고 나는 상상했다.

다만 어째서 해파리인지는 아무리 조사해도 이해할 수 없었다.

구미에는 바다가 없다. 해파리는 고속도로에 서식하지 않는다.

귀울림은 사라지지 않았다. 나아지는 듯하다가도 시시때때로 다시 계속되었다.

반투명하게 반짝이는 오색찬란한 둥근 날개가 하늘을 뒤덮으며 펄럭이는 광경은 장엄하고도 화려했다. 그것이 죽음일지라도 언젠가 다시 한번 보고 싶다고 나는 생각했다.

우리는 법원 앞에서 비정규직 지회를 포함한 노조 결의대회에 참가했다. 1심에서 불법 파견 유죄 판결을 받았던 회사는 2심에서 무죄를 받았고 회사의 이익을 위해서라면 불법 파견은 불법이 아니라는 판결에 조합원들 모두 분노하여 법원 앞에서 항의 집회를 하게 되었다. 내가 왼쪽 다리에 붕대를 감고 아직도 가볍게 절룩거리는 모습을 보고 지회장님이 걱정했다.

"어디 다쳤어요?"

"아뇨, 괜찮아요. 벌레 물렸어요."

내가 대답했다. 벌레는 아니지만 실제로 많이 괜찮아졌다. 그냥 사람 많은 곳에 가니까 혹시 밟히거나 부딪칠까 불안해서 붕대를 감아두었을 뿐이었다.

집회가 시작되었다. 이글이글 끓어오르는 듯한 아스팔트 바닥에 깔개를 깔고 앉아서 나는 길가에 늘어선 여러 노조 지부 깃발을 둘러보았다. 그중 깃발을 들고 있는 어떤 사람의 얼굴이 낯익었다. 응급실에서 날아다니는 아이의 뒤를 쫓던 남성이었다.

무척 반가웠다. 다가가서 따님은 건강하시냐고 묻고 싶었지만 참았다. 모르는 사람이 불쑥 다가와서 자녀의 안부를 묻는다면 상대방은 불안해질 것이다.

아스팔트 위에 모인 사람들과, 길가에 늘어선 깃발과, 옆을 지나가면서 경적을 울리는 차들과 그 안에서 욕설을 내뱉는 사람들을 보면서 땀에 푹 젖은 채 나는 다시 아기장수를 생각했다. 〈아기장수〉 설화는 전국 여러 곳에 전해지는데 대체로 겨드랑이에 날개 달린 아이가 태어났기 때문에 조정의 탄압을 받거나 역적으로 몰릴 것을 두려워한 부모가 날개를 자르거나 아이를 죽이는 비극적인 결말로 끝난다. 아이가 무사히 성장하는 경우에도 자라면서 항상 배고파하고 음식을 너무 많이 먹기 때문에 마을 사람들이 도저히 감당할 수 없어 마을에서 쫓아낸다는 버전도 있다. 아기장수가 죽은 뒤 그 무덤에 용마가 나타나 슬피 울다가 하늘로 솟구쳐 올라갔다는 뒷이야기도 있고, 일본군이 아기장수의 무덤을 파헤치거나 쇠말뚝을 박았더니 땅에서 피가 뿜어져 나왔다는 결말도 있다. 어느 지역의 어떤 구성이든, 아기장수 이야기에는 신분과 계급이 엄격하던 사회에서 시달리고 짓밟히고 굶주리고 두려워하며 살았던 사람들, 침략과 전쟁의 위협 앞에서 분노하고 저항했던 사람들의 절망이 깔려 있다.

결의대회가 끝난 뒤에 지회장님은 동료 조합원들과 함께 법원에 재판을 속개해달라는 민원 서류를 제출하러 가려다가 경찰에게 가로막혔다. 회사 측은 불법 파견 사건에서 무죄 판결을 받자 별개의 사건인 임금 체불 재판도 3심이 끝날 때까지 기다려달라고 신청했다. 임금 체불은 사실 불법 파견보다 훨씬 더 중대한 사안이다. 그리고 불법 파견과는 별개의 재판이다. 그래서 지회는 노동자들이 먹고사는 문제가 시급하니 임금 체불 재판을 빨리 진행해달라고 규정과 절차에 맞게 서류를 써서 제출하려고 했을 뿐이다. 경찰은 법원 대문 앞부터 마당 안까지 다섯 겹으로 줄지어 서서 지회장님을 막았다. 우리는 항의했다. 경찰은 우리 뒤에서 방송하기 시작했다.

"여러분은 지금 불법 집회를 진행하고 있습니다. 여러분은 불법을 저지르고……."

"불법(佛法)은 내가 제일 잘 아는데……."

비정규직 노동자들을 지지하러 결의대회에 찾아오신 스님이 경찰 버스를 바라보며 불만스러운 얼굴로 투덜거렸다. 집회는 대체로 이런 식으로 혼란의 도가니다.

뒤에 서 있던 남편이 형사로 보이는, 정장을 입고 목에 공무원증을 건 사람에게 느긋하게 다가가서 웃으면서 말을 걸었다.

정부 요원들이 입는 정장만 따로 납품하는 회사가 있는 걸까? 그 회사는 공기업일까? 아니면 공기업의 자회사의 손자회사 같은 건 아니겠지? 저 정장을 만든 사람은 정규직일까 비정규직일까? 부당 해고나 임금 체불을 당하고 있는 건 아닐까?

이런 생각을 하는 사이에 웬일인지 정장 입은 사람이 엷게 웃으며 고개를 끄덕였다. 그리고 법원 대문을 막아선 제복 경찰에게 뭔가 전달했다. 경찰이 고개를 끄덕였다. 법원 철문이 한쪽만 열렸다. 경찰들이 옆으로 조금 비켜섰다. 날씬한 사람 한 명이 간신히 들어갈 수 있는 조그만 통로가 생겼다.

"자, 지회장님만 들어갑니다! 민원만 얼른 제출하고 나올 겁니다!"

남편이 큰 소리로 외쳤다. 시간은 오후 5시 48분, 법원 민원실이 문을 닫기 12분 전이었다.

지회장님은 경찰들이 열어준 좁은 틈바구니로 걸어 들어갔다. 지회장님이 지나가자 경찰들이 다시 철문을 닫고 앞을 막아섰다. 점점 안쪽으로 들어가는 지회장님이 머리 위로 높이 들어 올린 서류 봉투만 보였다.

지회장님이 완전히 보이지 않게 된 뒤에 우리는 그대로 법원 앞에 서서 안도감과 긴장감을 동시에 느끼며, 산 채로 구워질 것 같은 더위 속에 땀에 푹 젖은 채 기다렸다. 날이 너무 더웠고 경찰이 너무 많았기 때문에 긴장하지 않을 수 없었다.

지회장님은 6시가 10분이나 지난 뒤에야 나타났다. 들어갈 때처럼 경찰이 좁은 길을 터주었다. 철문 한쪽이 열리고 지회장님이 걸어 나오자 땀에 젖은 사람들이 박수를 치기 시작했다.

"어, 왜 이래요?"

지회장님이 어리둥절한 얼굴로 물었다.

"마 하도 안 오이 지회장 끌려가서 못 돌아오는 줄 알았다 아이가!"

조합원들이 시끌벅적하게 소리쳤다.

"으델 끌려가요?"

지회장님은 말하면서 시계를 보고 깜짝 놀랐다.

"이렇게 오래 걸렸어요? 내는 서류만 제출하고 바로 나왔는데."

나는 남편을 바라보았다. 남편은 다른 사람들과 함께 박수를 치며 기분 좋게 웃고 있었다.

이래서 위원장님을 사랑한다고 나는 생각했다.

집으로 돌아오는 버스 안에서 남편은 잠들었다. 나는 시외버스 창문의 커튼을 살짝 젖히고 어두운 고속도로를 무심히 바라보았다. 버스는 불빛이 별로 없는 넓고 어두운 길을 신나게 달리고 있었다. 하늘과 땅이 잘 구분되지 않았다. 저 멀리 빛나는 둥근 덩어리가 천천히 맥박 치며, 버섯 모양의 반짝이는 갓을 규칙적으로 오므렸다 폈다 다시 오므렸다 펴면서 검은 하늘을 헤엄쳐 가고 있었다. 귀가 울렸다. 왼쪽 발목이 욱신거렸다.

"오빠."

나는 남편을 살그머니 흔들었다. 남편은 깨지 않았다.

"남편님. 저거 봐요."

부릉부릉 코 골던 소리가 멈추었지만 남편은 여전히 잠에서 깨지 않았다.

"위원장님!"

필살기를 사용했지만 남편은 반응하지 않았다. 오히려 다시 태평하게 낮은 소리로 코를 골기 시작했다.

그래서 나는 포기하고 다시 창문을 바라보았다. 밤하늘을 껴안고 날아가던 반투명한 빛 덩어리는 어느새 사라지고 없었다.

나는 남편과 창문을 번갈아 바라보았다. 밤의 시외버스 안은 조용했다. 창밖에는 짙은 어둠과 가끔 지나가는 다른 차들의 전조등 불빛만 보였다.

아쉬웠다. 창밖을 열심히 쳐다보아도 둥근 빛 덩어리는 돌아오지 않았다. 잠도 오지 않았다. 나는 휴대전화를 꺼냈다.

'해파리 별자리'를 검색했다.

있다. '해파리성운'이라는 게 실제로 있었다. 한국천문연구원 포토갤러리에는 검은 우주에 점점이 깔린 붉은 별들이 거대한 해파리 모양을 이루어 모여 있는 사진이 게시되어 있었다. 사진 설명에 따르면 해파리성운은 약 8,000년 전에 소멸된 초신성들의 집합체이며 지금도 중금속을 내뿜고 있어서 이 중금속을 바탕으로 새로운 별들이 생성될 수 있다고 했다.

천문학은 언제나 낭만적인 데가 있다. 소멸과 생성의 거리는 본래 그렇게까지 멀지 않은 것인지도 모른다.

내친김에 나는 다른 해양 생물에 관해서도 이것저것 두서없이 검색해보았다. 더 이상 검색어도 호기심도 남지 않을 때까지 실컷 찾아본 뒤에 나는 습관적으로 사회관계망 서비스에 접속했다. 조금 전의 검색 기록 때문인지 범고래들이 요트를 공격한다는 신문 기사가 가장 위에 떠 있었다. 범고래에 대한 기사를 읽었더니 그 뒤에는 벨루가흰고래를 러시아군이 훈련시켜 적의 수중 무기를 탐지하는 용도로 사용하고 있다는 기사가 떴다. 그리고 멸종 위기에 처한 해양 생물을 담은 동영상에 이어 북한이 무력 도발을 감행하여 동해상과 서해상에 미사일 스무 발과 포탄 100여 발을 쏘았다는 과거 기사가 노출되었다. 북한은 바다에 단거리 탄도미사일도 쏘았고 장거리 로켓도 쏘았다. '우주발사체'라고 북한이 주장한 물체도 바다로 떨어졌다. 우크라이나는 러시아 크루즈 미사일 여러 대를 크름반도에 있는 러시아 흑해 함대로 수송하는 중에 폭격하여 파괴했다고 보고했다. 신문 기사의 사진에는 바다에 떠 있는 군함 뒤에서 커다란 물기둥이 솟아오르는 모습이 찍혀 있었다.

그 바다에 살고 있는 생물들은 어떻게 되었을까. 머리 위로 느닷없이 떨어지는 미사일과 포탄을 보면서 어떤 생각을 했을까.

"물고기가 커, 사람 키만 했어. 흰돌고래였어…… 죽어가더라고…… 나는 그 옆에 쓰러져서 한참이나 욕설을 퍼부었어. 속이 상해서 울었어…… 이렇게 모두 다 고통받다니……."*

나는 노벨문학상을 받은 벨라루스 출신 여성 작가의 논픽션 인터뷰집을 떠올렸다. 2차 세계대전에 참전한 여성 용사가 전투 중에 사람이 물에 빠진 줄 알고 온 힘을 다해 끌어냈는데 상처 입은 커다란 돌고래였다는 회고담이었다.

범고래들이 인간의 선박을 공격하는 것도 무리는 아니다. 인간 때문에 위협받고 죽고 다치고 노예로 잡혔던 생물들이 모두 힘을 합쳐 인간에게 복수하기로 결의했다면 인간은 오래전에 멸종했을 것이다. 어쩌면 그것이 마땅할지도 모른다.

나는 하늘에서 죽음을 담은 빛의 파편들이 꽃처럼, 비단처럼, 모든 색으로 빛나며 쏟아져 내리던 꿈을 떠올렸다. 그것이 미사일이 떨어지고 포탄이 쏟아질 때 바다 생물들이 마지막으로 보았던 세상의 모습일 것이라고 나는 상상했다. 해파리성운을 생각했다. 죽음과 삶은 언제나 가까이 있다. 인간의 소멸이 인간이 아닌 생명체들에게는 진정 자유로운 삶의 시작인지도 모른다.

그러나 2012년에 해파리에 쏘여 치료받다가 사망한 소녀와 소녀의 가족은 그렇게 생각하지 않을 것이다. 가족은 어린 소녀가 고통받지 않고 회복해서 건강하게 살아가기를 원했을 것이다. 나도 마찬가지다. 비인간 생물종을 위해 인류가 멸종해야 한다 해도 남편만은 살아남기를 원한다. 가능하면 나도 같이 살아남으면 더 좋다. 나도 결국은 인간이니까 어쩔 수 없는 것이다. 나는 조그맣게 한숨을 쉬었다.

버스가 포항터미널에 도착했다. 나는 남편을 깨웠다. 우리는 가방을 챙겨 들고 차에서 내렸다.

하차장에 검은 정장 입은 사람들이 기다리고 있었다.

"또 뭡니까?"

남편이 졸음이 덜 깬 목소리에 짜증을 가득 담아 물었다.

"데모했다고 잡아가는 거 아니라면서요?"

검은 정장 사람들의 대장인 검은 덩어리는 남편의 항의를 완전히 무시했다. 나를 똑바로 보면서 물었다.

"언제부터 접촉했습니까?"

"네?"

나는 당황했다. 접촉? 누구? 금속노조? 비정규직 지회? 설마 이 사람들도 노동조합이 북한의 지령을 받고 움직인다는 터무니없는 주장을 하려는 건가? 그렇게 생각하니 몹시 화가 나기 시작했다. 검은 덩어리는 설명하지 않고 속사포처럼 질문만 연달아 던졌다.

"IC 443에 대해 어디까지 알고 있습니까?"

IC? 포항 IC는 이미 지나왔다.

"포항 IC에서 이어지는 도로는 고속도로 20번하고 국도 28번, 31번이에요."

내가 대답했다. 포항까지 얼마나 남았는지 보려고 버스 안에서 자꾸 지도를 찾아본 것이 도움이 되었다.

"443번 도로는 없어요."

"가장 최근에 해파리를 본 게 언제입니까?"

검은 덩어리가 내 대답을 무시하고 계속해서 빠르게 물었다. 그 표정이 너무 진지해서 나도 모르게 웃어버렸다. 창문 없는 방에서는 안경도 뺏기고 앞이 잘 안 보이고 불안해서 전혀 웃을 수 없었지만 지금은 달랐다. 나는 안경을 쓰고 있었고 소지품도 가지고 있었다. 버스에서 내린 승객들이 검은 정장 사람들을 호기심 어린 눈으로 힐끔힐끔 쳐다보았다.

"이러지 말고 일단 가시죠."

"안 가요."

검은 덩어리가 당연하다는 듯 검은 차를 가리켰을 때 내가 자연스럽게 대답했다.

"남편도 저도 오늘 집회 오래 하고 지회장님 민원 제출하는 것까지 보고 와서 힘들어요. 남편 몸도 안 좋아서 집에 가서 쉬어야 돼요. 같이 가고 싶으면 영장 가지고 오세요."

어디서 그런 용기가 나왔는지 알 수 없다. 용기가 아니라 그냥 더위 먹어서 돌아버린 건지도 모른다. 어느 쪽이든 나는 내가 들어도 놀랄 만큼 차분하고 유창하게 쏟아놓았다.

검은 덩어리는 전혀 당황하지 않았다.

"그렇게 비협조적으로 나오지 마시고⋯⋯."

"경찰 부를까요?"

나는 검은 덩어리의 말을 중간에 자르고 휴대전화를 꺼냈다.

"신고도 하고 소리도 지르고 땅바닥에 누워서 좀 구르고 그러면 저기 계시는 분들이 휴대전화로 열심히 찍어서 인터넷 여기저기 올리고 아는 사람들한테 메시지도 좌르르 돌리고 그럴 텐데 해양정보과가 얼마나 유명해지는지 한번 볼까요?"

검은 덩어리가 나를 가만히 쳐다보았다. 그리고 마침내 물러났다.

"알겠습니다. 연락드리죠."

아니 연락하지 마세요,라고 말하고 싶었지만 그러기에는 너무 지치고 너무 화가 나 있었다. 검은 정장 사람들이 검은 차를 타고 완전히 사라지는 모습을 끝까지 지켜본 뒤에 내가 남편에게 말했다.

"집에 가요."

남편이 고개를 끄덕였다.

"발목 아파."

터미널 앞 건널목에 서서 내가 불평했다.

"집에 가서 소금물 찜질해줄게요."

남편이 달랬다.

집에 돌아와서 나는 남편에게 꿈인지 알 수 없는 꿈의 내용에 대해, 그 뒤에도 내가 잠들지 않고 지켜보고 있을 때 하늘을 날아가던 거대한 해파리에 대해 이야기했다.

"무슨 일일까요?"

내가 걱정했다.

"알게 되겠죠."

남편이 대답했다. 그리고 나를 꼭 껴안았다.

남편이 부룽부룽 코 고는 소리를 들으며 나는 한동안 해파리성운과 발목의 욱신거림과 '접촉'에 대해 생각하고 있었다. 물론 생각한다고 결론을 내릴 수 있는 것은 아니었다.

그래서 나는 잠 안 오는 밤에 거의 모든 21세기 사람들이 하듯이 휴대전화를 집어 들고 검색하기 시작했다.

신문 첫 번째 페이지 첫 번째 기사는 일본이 지진과 쓰나

미로 파괴되었던 원자력발전소에서 나온 오염수를 바다에
버리기 시작했다는 소식이었다. 우리의 바다에.

---

* 스베틀라나 알렉시예비치의 《전쟁은 여자의 얼굴을 하지 않았다》를 인용했다(원서
  정보는 참고 문헌 참조).

고래

글이 잘 써지지 않을 때면 나는 구룡포에 간다. 글은 핑
계고 나는 구룡포를 아주 좋아한다. 집에서 시내버스를 타
고 한 시간 정도 멀미에 시달리며 가야 하지만 시내버스를
타고 구룡포 같은 곳에 갈 수 있다는 사실 자체가 나에게는
여전히 무척 매력적이다. 구룡포에는 일제강점기에 일본인
들이 살았다던 역사적인 가옥 거리가 그대로 남아 있다. 그
리고 높은 계단을 힘겹게 올라가면 꼭대기에는 지명대로 용
아홉 마리가 승천하는 조각상이 있다. 여의주를 물고 하늘
을 향해 치솟아 오르는 아홉 마리 용 조각상은 굉장히 멋있

다. 용 조각상에서 계단을 조금 더 올라가면 바다를 배경으로 아홉 마리 용 조각상의 승천 장면을 감상할 수 있다. 그러나 내가 구룡포를 좋아하는 진짜 이유는 충혼탑 옆에 있는 한 쌍의 해치 조각상이 대단히 귀엽기 때문이다.

해치, 혹은 해태는 선악을 가릴 줄 안다는 상상의 동물인데 주로 불교 사찰 앞을 한 쌍씩 지키고 있다. 포항에 가까운 경주에 가면 다보탑 아래쪽에 해치 두 마리가 남아 있는데, 원래는 동서남북으로 한 마리씩 네 마리였지만 일제강점기에 일본인들이 약탈해 가서 두 마리만 남았다고 한다. 내생각에는 이 다보탑 해치가 현재 포항과 경북 일대에 남아 있는 해치상의 원조인 것 같다. 다보탑 해치는 한 마리는 성난 표정, 한 마리는 평온한 표정을 짓고 있는데 두 마리 모두 아주 귀엽다. 아무리 봐도 상상의 동물이 아니고 그냥 고양이처럼 생겨서 나는 속으로 '다보탑 야옹이'라고 생각했다. 포항 구룡포에 있는 충혼탑 해치도 이 다보탑 해치를 본받아 대단히 귀엽게 생겼다. 구룡포 충혼탑은 본래 일본인들이 구룡포 가장 높은 곳에 신사를 지었던 것을 허물고 그자리에 세운 것인데 충혼탑이라는 물건 자체가 일제의 잔재라는 비판의 목소리도 높은 편이다.

나는 한국의 독립과 자유를 위해 싸우신 분들을 기리는 기념비를 일본 신사 자리에 세운 것은 의미 있는 일이라고 생각한다. 충혼탑이 기리는 분들 중에는 한국전쟁 참전 용사뿐 아니라 일제에 맞서 싸우신 분들도 포함되어 있을 것이다. 그리고 구룡포 충혼탑 해치들이 귀여워서 나는 충혼탑 자체보다도 그 옆에 언제나 앉아 있는 '구룡포 야옹이'들을 보러 구룡포 일본인 가옥 거리에 간다. 해가 바뀌어도 보러 가고, 계절이 바뀌어도 보러 가고, 원고 마감을 해서 여유가 생겨도 보러 가고, 글이 잘 안 써져도 보러 간다.

시내버스 900번('구룡포'라서 900번이라고 한다)을 타고 종점에서 내려서 길을 건너서 계단을 헐떡헐떡 올라가서 승천하는 용 조각상과 그 너머의 바다를 감상하고, 다시 계단을 조금 더 올라가서 구룡포 야옹이들과 상봉한다. 특히 성난 야옹이가 귀엽다. 야옹이들에게 인사를 하고 사진을 찍은 뒤 계단 옆의 구불구불한 경사로를 천천히 내려오면 카페와 음식점들이 늘어선 좁지만 예쁜 거리가 나온다. 팬데믹 시기에는 상점가가 문을 닫아 거리가 적막하고 쓸쓸했다. 바이러스가 기세를 잃고 방역 규제가 풀리고 나서는 아기자기한 가게들이 문을 열어서 구경하는 것도 재미있다. 날이 추우면 따뜻한 음료를 사 마시고, 날이 더우면 시원한 곳에서 주전부리를 하고, 지역 경제에 조금 이바지한 다음 만족해서 집에 돌아오는 것이 나의 구룡포 방문 일정이었다. 이번에는 포항에 남편의 동지들이 찾아왔기 때문에 구룡포 야옹이들의 귀여움을 자랑하고 싶어서 손님들을 모시고 갔다. 그리고 그곳에서 나는 고래가 승천하는 광경을 보게 되었다.

우리는 행진했다. '원자력발전소 오염수 방류'라는 완곡하게 미화한 표현 대신 '원전 폐수 해양 투기 반대'라고 정확하게 써 붙인 행진이다. 이미 일본은 방사능에 오염된 폐수를 바다에 버리기 시작했는데, 우리가 할 수 있는 일이라고는 현해탄 이쪽에서 길을 걸으며 소리 지르는 것뿐이니 답답한 노릇이었다. 그러다가 행진 경로에 접이식 탁자를 놓고 생수를 나눠 주는 검은 덩어리와 정장 일당을 마주쳤다. 검은 덩어리도 그의 일당도 정장을 입고 있지 않았다. 등산복 바지에 평범한 티셔츠를 입은 모습이 동네 산악회나 조기축구회 사람들 같았다. 나도 처음에는 전혀 못 알아보고 무심코 생수를 받으려다 얼굴을 보고 깜짝 놀랐다.

"뭐 하시는 거예요?"

내가 물었다.

"생수에 방사능 탄 건 아니죠?"

등산복으로 가장한 검은 덩어리의 표정이 한순간 굳어졌다. 얼굴에 너무나 확연한 분노가 떠올라 나는 흠칫 놀랐다. 이제까지 이렇게 감정이 명확한 얼굴은 본 적이 없었다. 나는 뒤로 한 걸음 물러섰다.

검은 덩어리는 뭔가 말하려는 듯 입을 열었다가 다시 다물었다. 그리고 다시 입을 열어 내 질문에 대답하는 대신 이렇게 말했다.

"우리는 철수합니다."

"네. 더운데 수고 많이 하셨어요."

나는 그들이 행진 경로에서 철수한다는 말로 알아듣고 이렇게 대답했다. 그러나 등산복을 입은 검은 덩어리는 이렇게 말했다.

"해양정보과는 비상대책위 체제로 변경하여 운영합니다."

정부 기관이? 시민단체도 아닌데? 비상대책위 체제?

질문하려 했을 때 방송차에서 누군가 마이크를 잡았다. 참가자 발언이 시작되었다.

"우리의 바다를 방사능으로 오염시키고……."

"당신들의 바다가 아닙니다."

등산복으로 가장한 검은 덩어리가 말했다.

"바다는 그 누구의 것도 아닙니다."

그러나 하필 이때 방송차 쪽에서 소란이 일어나는 바람에 나는 '당신들'이라는 단어의 선택에 대해 질문할 기회를 잃었다. 특정 정치 성향 추종자들이 "원전수 괴담 물러가라" "과학을 믿어라"라고 쓴 빨간 피켓을 들고 행진 대열 옆에서 시위를 시작했다.

"과학적으로 정화한 원전수는 안전하다!"

"원전수 괴담을 퍼뜨리는 정당은 해산하라!"

함께 행진하고 있던 현직 어민들, 어시장 상인들, 선원노조 조합원들이 여기에 분개하여 소리치기 시작했다.

"그렇게 안전하면 너그들이 홀딱 처무뿌라!"

"마 동해 바다 암 덩어리 맹글어놓은 놈들이 머 좋다고 지랄이고!"

현실에서 눈을 돌려 과학의 이름 뒤로 도피하고 싶은 사람들과 생계는 물론 생명까지 위협받게 된 사람들의 충돌은 부드럽게 끝날 수 없었다. 이 충돌은 완벽하게 무의미했다. 방사능 폐수를 바다에 버리는 사람들은 따로 있었다. 그리고 그들은 우리가 서로 욕하고 소리치는 동안에도 폐수를 바다에 계속 신나게 버리고 있었다. 나는 죽도시장에서 해산물을 파는 어머니와 어머니의 동료 상인들을 생각했다. 바다 앞에서 태어나 자란 남편과 바다 앞에서 지금도 살아가는 해안가의 모든 사람을 생각했다. '대한민국은 반도에 위치하여 삼면이 바다이고…….' 초등학교, 중학교, 고등학교 사회 시간과 지리 시간에 반복해서 들었던 말이다. 위협은 삼면에서 닥쳐온다. 소금값은 벌써 몇 달 전부터 통제 불가능하게 치솟았다. 평생 먹을 소금을 미리 사놓을 수는 없다. 그리고 해수는 지구를 순환한다. 바닷물이 오염되면 우리는 다 죽는다.

고성이 오가던 끝에 누군가 나무 손잡이가 달린 수제 팻말을 반대 진영에 집어 던졌다. 비명이 들리고 사람들이 휴대전화를 꺼내 촬영하기 시작했으며 촬영에 대해 항의하는 싸움이 추가적으로 벌어졌고 경찰이 중재에 나섰다. 남편이 내 손을 잡아끌었고 주위를 돌아보았을 때 검은 정장 대신 등산복으로 가장한 정부 요원들은 모두 사라지고 없었다. 드디어 정말로 철수한 것이라고 나는 생각했다. 그러나 나는 그들을 곧 다시 만날 수 있었다.

독재정치의 방식은 모두 비슷하다. 중세 시대나 지금이나, 공산주의 체제에서나 자본주의 체제에서나, 서양이나 동양이나 전부 마찬가지다. 한 사람이 권력을 쥐고, 그 권력에 아첨하는 몇몇 사람이 독재자를 비호하고, 권력을 갖지 않은 사람들을 무작위로 감옥에 보내고 수용소와 시설에 가둔다. 죽이는 것보다 가두는 것이 공포정치에 더 효율적이다. 왜냐하면 가둬둔 사람들을 여러 가지로 활용할 수 있기 때문이다. 강제 노역을 시켜 노동력을 짜낼 수도 있고, 인신매매나 장기 밀매에 활용할 수도 있고, 생체 실험 대상으로 이용할 수도 있다. 모두 다 인간의 역사에서 실제로 일어났던 일이다.

여기서 중요한 것은 이런 체포, 감금, 투옥, 신체 자유와 존엄의 박탈을 '무작위'로, 사회 전반에 걸쳐 대규모로 반복적으로 시행해야 한다는 점이다. 독재정치에 눈에 보이게 저항하거나 어떤 식으로든 자유로운 삶을 추구하려는 사람만 불이익을 당하는 것이 아니다. 대규모, 무작위여야 한다. 무작위는 혼란스럽다. 무작위는 예측할 수 없다. 그러므로 사회 전반적으로 권력을 갖지 못한 대부분의 사람들이 이런 혼란과 예측 불가능성에 두려움을 느낀다. 아무 일도 하지 않았는데 그저 운이 나쁘면 감옥에 갈 수 있고 아무 이유 없이 한순간에 인생이 완전히 망가질 수 있다는 사실을 마음 깊이 이해하게 되면 사람들은 절망한다. 절망한 사람들은 여러 가지를 포기한다. 합리적으로 생각하는 것도 포기하고, 자유를 갈구하거나 더 나은 삶을 추구하는 것도 포기한다. 그리고 절망하고 두려워하는 사람들은 뭔가 지향성을 가지고 삶에서 조금이라도 더 나은 것을 추구하고 갈구하는 사람들을 질투하여 스스로 나서서 탄압하기 시작한다. 자유나 희망 따위는 없다고, 더 나은 삶을 추구하려는 시도는 주변 사람들까지 위험에 빠뜨리는 어리석은 행동이라고, 그들은 숨 막히는 공포 사회에 조금이라도 변화를 가져오려는 사람들을 정부나 비밀경찰보다 먼저 나서서 짓밟는다. 사실 그들은 이렇게 말하고 싶은 것이다. '나는 이렇게 절망하고 모든 것을 포기했는데 너는 왜 나처럼 모든 것을 포기하지 않아? 너는 왜 불행해지지 않아?' 그들은 사회 전반적인 절망과 불행의 원인이 독재자와 그를 비호하는 정권에 있다는 사실을 외면하고 주변의 건강한 사람들을 불행하고 망가진 사람으로 만들기 위해 온 힘을 다한다. 독재 체제와 공포정치는 이렇게 해서 마음이 꺾인 사람들을 대량으로 양산한다. 이들은 서로 괴롭히고 서로 감시하고 서로 짓밟으며 독재자의 할 일을 일상의 단위에서 소규모로 지속적으로 대신해준다.

이런 삶을 견디며 오랫동안 저항한다는 것은 거의 불가능한 일이다. 그런데도 가끔 그런 사람들이 있다. 역사는 그런 사람들을 영웅이나 반역자로 기록한다. 살아남아 뭔가 행동을 할 수 있었던 운 좋은 경우에 말이다. 첫 체포, 첫 감금, 첫 고문, 첫 강제 노동, 첫 생체 실험에서 목숨을 잃은 수많은 사람의 이야기는 어디에도 기록되지 않는다.

손님은 비정규교수노조와 교수연구자협의회, 교수노동조합, 대학무상화평준화운동본부 등에 소속된 동지들이고 1박 2일 워크숍의 주제는 '바다의 위기'였다. 낮에 포항역에 도착한 동지들은 점심을 먹은 후 바로 '바다의 위기' 간담회를 시작했다. 나는 간담회 도중에 잠들까 봐 걱정했지만 여러 발표들이 무척 흥미로워서 의외로 열심히 간담회에 집중할 수 있었다. 내가 특히 관심 있게 귀 기울인 이야기는 환경운동 중에서도 생물종 다양화 분야에서 집중적으로 활동해온 선생님의 '우주 기술과 해양 생물'이라는 발표였다. 간담회를 마치고 우리는 함께 집회에 참가하여 행진한 뒤에 영일대 해변에 미리 예약해놓은 숙소로 향했다. 숙소에 짐을 풀고 저녁을 거하게 먹고 나서 영일대 해상누각에 올라가 밤바다를 감상했다. 한여름에도 동해안 밤바다는 쌀쌀했다. 해상누각에는 가족끼리, 연인끼리 찾아온 사람들이 달이 비친 바다를 바라보며 여기저기서 이야기를 나누고 사진을 찍고 웃고 있었다. 간담회와 집회에 참여했던 나의 동지들은 연구자답게 밤바다에서 달을 바라보면서 논쟁을 이어갔다.

"……거의 음모론 수준이잖아?"

'연구자의 집' 소속 사회학자 선생님이 '우주 기술과 해양 생물' 선생님에게 반론을 제기하고 있었다. '우주 기술과 해양 생물' 선생님은 느긋하고 태평하게 답변했다. 둘은 대학 동기이고 아주 오랫동안 친하게 지낸 사이였다.

"우주 관광이 시작된 것도 사실이고, 그 외국 억만장자가 화성 가서 살겠다고 사방에 말하고 다닌 것도 사실이잖아. 돈 있고 힘 있는 놈들은 다 지구 탈출하려고 별짓을 다 한다고."

'우주 기술' 선생님이 말했다. 비슷한 반론을 여러 번 들어보고 여러 번 답변해본 듯 익숙한 태도였다.

"하지만 그거야 다 남의 나라 얘기지. 동해안에서 고래, 상어 시체 발견되는 얘기하고 원전 오염수 방류하고 다 엮으면 그런 게 음모론이지 음모론이 별거냐."

사회학자 선생님은 쉽게 놓아주지 않았다.

"인과관계하고 상관관계는 다른 거야. 까마귀 날자 배 떨어지는 거하고 오이밭에서 갓끈 고쳐 매는 거하고는 완전 별개라고."

"신발끈이겠죠."

다른 선생님이 끼어들었다. 사회학자 선생님이 맥락 없이 반가워했다.

"선생님도 그렇게 생각하시죠? 쓰레기 전부 바다에 버리고 우주로 탈출하려고 지금 남의 나라 권력자들이 다들 저러고 있다는 거 진짜 너무 나간 얘기 아닙니까?"

"아니 저야 모르죠. 저는 서양화 전공인데……."

그저 틀리게 인용된 속담을 고쳐주려고 끼어들었다가 논쟁에 휘말린 미술가 선생님이 머쓱하게 대답했다.

나는 결론 없는 논쟁을 흘려들으며 해상누각 지붕을 관찰하고 있었다. 영일대 해상누각 지붕 속에는 새들이 살았다. 비둘기로 보이는 회색 새는 밤늦은 시간에 가슴에 부리를 파묻고 곤히 잠들어 있었다. 그 옆에서 이름 모를 갈색 새는 열심히 몸단장을 하다가 내가 신기하게 올려다보자 동작을 멈추고 나를 잠시 바라보았다. 그러나 내가 전혀 위협이 되지 않으며 그저 아래쪽 멀리서 쳐다보고 있을 뿐이라는 사실을 깨닫고 갈색 새는 곧 다시 몸단장을 계속했다. 두 마리가 앉아 있는 곳 바로 아래 서까래에도 자세히 보니 또 다른 새들이 몸을 웅크리고 잠들어 있었다.

호미곶에 있는 거대한 '상생의 손'에도 손가락마다 갈매기가 앉아 있던 광경이 떠올랐다. 바닷속에서 난데없이 손이 솟아 나와 있는 광경은 처음 봤을 때 상당히 무서웠다. 손가락마다 갈매기들이 앉아 쉬는 모습을 자세히 관찰하고 나는 비로소 덜 무서워졌다. 새 한 마리가 손가락을 떠나면 다른 새가 바로 날아와서 그 자리를 차지했다. '상생의 손'은 바닷새들 사이에서 상당히 인기 좋은 핫스폿인 것 같았다. 거대한 청동 검지와 엄지 사이 오목하게 파인 곳에 앉은 갈매기는 지금 저 영일대 해상누각 지붕 속 새들처럼 부리를 가슴에 파묻고 느긋하게 자고 있었다. 새들이 기뻐한다면 좋은 일이니까, 나는 '상생의 손'을 무서워하지 않기로 했다.

'당신들의 바다가 아닙니다.'

나는 검은 덩어리가 화난 어조로 내뱉었던 말을 떠올렸다. 아무에게도 속하지 않는 바다, 그 누구의 것도 아닌 바다.

"인간은 이제 미래 세대를 위해서 아무에게도 속하지 않는 바다의 자원을 보존하기 위해 점점 더 크게 조치를 취해야만 한다."*

러시아의 지질학자이자 철학자인 블라디미르 베르나츠키는 이렇게 썼다. 팬데믹이 일어나기 전에, 러시아가 전쟁을 일으키기 전에, 좋았던 시절에 마지막으로 찾아갔던 러시아 도서관에서 발견한 두꺼운 과학철학 책에서 보았다.

'인류세(Anthropocene)'란 인간의 활동으로 인해 지구 환경이 변화되는 지질시대를 말한다. 예를 들면 인간이 20세기 말부터 21세기 현재까지 지하수를 너무 많이 퍼 올려서 지구 자전축이 기울어졌다는 연구 결과가 있다. 서울대학교 지구과학교육과 연구팀의 논문에 따르면 과거에는 해류 변화나 맨틀 대류 등 자연적인 이유로만 지구 자전축이 이동했다. 그런데 20세기 말부터 인간이 지하수를 대량으로 끌어다 썼고 이렇게 사용한 지하수는 다시 지하에 채워지는 게 아니라 바다로 흘러 들어갔기 때문에 해수면이 상승하고 지구의 물질량 분포가 바뀐다. 그 결과 지구 자전축이 이동했다는 것이다.

인류세라는 단어는 생소하지만 지질학과 생물학, 고생물학 등의 분야에서 그 개념은 새롭지 않다. 19세기 초에 라마르크라는 프랑스 생물학자가 '생물권(Biosphere)'이라는 개념을 소개했다. 본래는 지구상에 존재하는 생물체들의 권역을 뜻하는 직관적인 단어였는데 19세기 말에 오스트리아 지질학자가 지구 전체의 생명력을 뜻하는 개념으로 확장해서 지질학 분야에서도 사용하기 시작했다. 그리고 20세기 초 프랑스 철학자들이 생물권에 대비되는, 인간의 지적인 활동 분야를 뜻하는 용어로 '정신권(Noosphere)'이라는 단어를 사용하기 시작했다. 베르나츠키는 '생물권'이라는 단어를 지구 전체에 적용하여 지구상에서 생명 전체의 역사를 설명할 때에 사용했다. 그리고 '정신권'은 인간 사회의 "문화적 생화학적 에너지"이며 "인간 문화와 인간 이성의 에너지가 현 시대의 정신권을 창조한다"라고 정의했다. 그러니까 인간의 문명 활동, 사회 활동이 지구 전체를 행성 차원에서 변화시키고 있다는 관측은 벌써 100년 이상 과학 분야와 철학 분야 양쪽에서 제시되었다.

"현대의 삶이 깊고 강력하고 복잡하기 때문에 인간은 그

안에 파묻혀서 자기 자신도, 그리고 인류 전체도 생물권, 즉 인류가 살고 있는 이 행성의 특정한 부분과 떨어질 수 없이 관련되어 있다는 사실을 실질적으로 잊어버리고 있다. 인류는 지질학적으로 당연하게 지구의 물질적이고 에너지 과학적인 구조와 연관되어 있다. [······] 그리고 이 분리 불가능성은 지금에야 우리 앞에 명확하게 드러나기 시작했다."

베르나츠키는 이렇게 경고했다. 그가 이런 글을 쓴 시기는 1940년대 이전이다.

"정신권이 가지는 인간 활동의 엄청난 에너지를 각국의 정부가 지배하고 이용하려 한다면 결국 물리력의 경쟁, 군사력의 경쟁이 벌어져 서로 힘으로 이기기 위해 다투게 될 것이다."*

냉전이 시작되기도 전에 베르나츠키는 냉전 시대를 정확하게 예견했다. 베르나츠키는 1945년에 사망했다.

그의 고향 러시아에서나 다른 나라에서나, 인간은 이런 경고를 대체로 무시했다.

그리고 이제 인간이 살고 있는 행성과 인류의 관계가 죽음의 위협이라는 형태로 눈앞에 선명하게 드러났다.

방사능에 오염된 폐수가 동해 바다로 흘러 들어오는 데

시간이 얼마나 걸릴까. 몇 달? 몇 년? 바다에 사는 물고기들은 어떻게 될까. 바다에 사는 새들은 어떻게 될까. 사람은 몸이 아프면 병원에 가고 진찰을 받고 치료를 받고 약을 먹을 수 있다. 아픈 새들은 누가 돌봐줄까. 아픈 물고기는 누가 돌봐줄까.

우리는 언제 다 죽게 될까.

귀가 울렸다. 머리가 아파오기 시작했다. 밤에 찬 바닷바람을 너무 많이 쐬어 감기에 걸렸는지도 모른다. 나는 남편에게 숙소로 돌아가겠다고 말하려 했다. 왼쪽 발목이 욱신거렸다.

해상누각 지붕에서 갑자기 새들이 날아올랐다. 잠들었던 새들까지 일제히 날개를 푸드덕거리며 밤하늘을 향해 황급히 사라졌다.

"어! 해파리!"

해상누각에 있던 많은 사람 중 누군가 외쳤다. 나는 어째서인지 반사적으로 하늘을 쳐다보았다. 하늘은 까맣고 맑았으며 가느다란 달이 평온하게 떠 있을 뿐이었다. 하늘에 해파리는 없었다. 해파리가 나타난 곳은 밤하늘처럼 까맣고 맑은 바다였다.

사람들이 난간 한쪽으로 몰려갔다. 나도 사람들을 따라갔다. 까만 수면 아래 둥그스름한 덩어리들이 줄지어 떠가는 모습이 보였다. 덩어리들은 크기도 색깔도 모두 제각각이었다. 노르스름한 갈색이나 희부연 우윳빛도 있었고 붉은색과 푸른색으로 독버섯처럼 요염하게 빛나거나 반투명한 무지갯빛으로 네온사인처럼 반짝이는 덩어리도 있었다.

귀가 점점 더 심하게 울리지만 않았다면 나는 그 광경이 무척 아름답다고 생각했을 것이다. 왼쪽 발목이 견딜 수 없이 쓰라렸다. 머리가 아팠다. 나는 난간에 몸을 기댔다. 눈을 감았다. 또다시 토할 것 같았다.

"어……!"

사람들의 감탄하는 웅성거림 사이에서 당황한 고함이 들려왔다.

"파도다…… 쓰나미다!"

나는 눈을 떴다. 억지로 고개를 들었다.

새까만 바다가 새까만 밤하늘을 향해 검은 산처럼 솟아올랐다. 까맣고 투명한 하늘을 배경으로 나는 그 윤곽을 똑똑히 보았다. 형체는 흑진주처럼 매끄럽고 반투명한 검은색으로 반짝였다. 등이 평평하고 배는 둥근 기다란 형체 옆에 길고 납작한 지느러미 두 개가 튀어나와 있었다. 거대한 형체가 몸을 굽혀 다시 바닷속으로 뛰어들자 뾰족한 등지느러미와 둘로 갈라진 꼬리가 하늘을 향해 솟아올랐다. 커다란 꼬리가 바닷물을 때렸다. 하늘과 바다가 뒤바뀌었다.

눈을 떴을 때 나는 해상누각 1층 바닥에 반듯하게 누워 있었다. 남편의 얼굴이 눈에 들어왔다.

"일어나지 말아요."

내가 몸을 일으키려 하자 남편이 말렸다.

"119 불렀으니까 그대로 누워 있어요."

"아니 구급차는 왜요……."

나는 모처럼 포항까지 찾아온 손님들 앞에서 이런 추태를 보인 것이 부끄러웠다. 다시 일어나려 했을 때 구급대원들이 해상누각 위로 들이닥쳤다.

"머리 부딪쳤을 때는 함부로 일어나시면 안 돼요. 큰일 납니다."

구급대원이 나를 이동식 바퀴 침대에 묶으며 차분하게 타일렀다.

"보호자분 같이 타세요."

구급대원의 허락을 받고 남편이 얼른 구급차에 올랐다. 사이렌 소리가 지나치게 커서 나는 또 부끄러웠다. 그렇게 응급실에 실려 가서 나와 남편은 하룻밤을 또 병원에서 보내게 되었다. 예약한 숙소의 바다가 보이는 방에서 남편과 나의 가방만 남아 바다를 감상했다.

구급차에 실려 가면서, 그리고 응급실에서 기다리면서, 나는 하늘과 바다가 뒤집히던 순간 온몸을 통과하던 파동에 대해서만 생각했다. 세상이 맥박 치고 우주가 진동하는 그 파동을 통해서, 물속을 질주하던 빛나는 존재들은 서로에게 외쳤다.

— 저항하라.

검은 덩어리는 이른 새벽에 찾아왔다. 남편은 침대 옆 의자에 앉아 졸고 있었다. 나는 머리가 아프고 발목이 욱신거려 밤새 잠들지 못하고 고통받았다. 검은 덩어리가 다가와서 응급실 내 침대 옆에 섰다. 간호사 선생님이 여러 가지 처치를 하면서 가장 먼저 안경부터 벗겼기 때문에 검은 덩어리는 또다시 검은 덩어리로만 보였다.

"내일 저 퇴원하고 나서 하면 안 돼요?"

검은 덩어리가 침대 옆에 서서 움직이지 않았기 때문에

내가 짜증을 냈다. 기절했다가 실려 와서 응급실에 누워 있다 말고 또 끌려가야 하다니 해양정보과는 인권이 없는 곳인가! 나는 항의하려 했다.

"음향을 이용한 해양 생물체 개체 수 탐지 방법이 있습니다. 물속에 물고기가 있는지, 얼마나 있는지 확인할 때 많이 쓰는 방법입니다."

검은 덩어리가 먼저 입을 열었다. 발언의 내용이 예상했던 방향과 너무 달랐기 때문에 나는 내가 또 꿈을 꾸고 있는 건지 의심하기 시작했다. 검은 덩어리는 개의치 않았다.

"해파리는 젤라틴질을 제외하면 몸의 대부분이 물로 이루어져 있어 음향 탐지 방식이 잘 먹히지 않습니다. 반사되는 음파가 없거나 아주 미미하다고 알려져 있습니다. 최근에야 해파리에 대해서도 표적강도를 측정하는 연구가 이루어지고 있지요."

이건 악몽이 틀림없다. 나는 과학에 아주 약하다. 머리가 어지럽다. 왼쪽 발목이 화끈거리고 더욱 아픈 것 같은 기분이 들었다. 몸을 움직이려 했지만 움직여지지 않았다. 옆에 앉아서 졸고 있는 남편을 부르려 했지만 입이 열리지 않았다. 몸통 위에 무겁고 투명한…… 뭔가…… 아마도 해파리

같은 것이…… 얹혀 있는 듯한 기분이었다. 굳어져 있는 내 옆 귓가에서 검은 덩어리가 계속해서 낮은 목소리로 무서운 말을 이어갔다.

"기후 변화로 인해 바다가 따뜻해져서 해파리가 대량 출몰하기 시작한 이후의 일입니다. 다만 연구에 동원되는 해파리의 개체 수가 적은 편이고, 음속비와 밀도비는 대상 생물이 같은 종이라도 측정 방법이나 조사 해역, 시기, 개체 크기에 따라 다르게 나타나기 때문에 음향표적강도의 오차를 줄이기 위해서는 이러한 요소를 고려한 평가가 이루어져야 할 필요가 있습니다."

깨어나야만 한다. 음향표적강도와 밀도비 같은 얘기를 계속 듣고 싶지 않으면 어떻게든 몸을 움직여야만 한다. 나는 이런 경우의 여러 해결책을 필사적으로 떠올렸다. 손가락 끝부터 움직이라는 민간요법도 있었고 어딘가에 몸을 부딪치면 깨어날 수 있다는 얘기도 들어본 것 같았다. 몸이 움직이지 않으니 어딘가 부딪칠 방법이 없었다. 아무리 애를 써도 손가락조차 까딱할 수 없었다. 검은 덩어리는 계속해서 무시무시한 이야기를 내 귓가에 불어넣었다.

"해파리를 눈으로 관찰하지 않으면 다른 방식으로 탐지하

기 어렵다고 생각하는 것은 인간 중심의 관점입니다. 문어,
대게, 상어, 개복치, 고래 같은 여러 해양 생물은 바닷속에서
해파리를 어렵지 않게 탐지할 수 있습니다. 우리는 모두 다
해파리를 먹이로 삼으니까요."

나는 눈동자만 움직여 검은 덩어리가 서 있는 쪽을 노려
보았다. 음향 탐지 방식이나 음속비 같은 단어들이 더 이상
귓속으로 비집고 들어오지 않아서 목이 조금 풀린 것 같은
기분이었다. 나는 고개를 돌리려 애썼다.

"그렇기 때문에 우리를 팔아넘긴 독재자도, 우리를 거래하
는 지구인도 포착할 수 없는, 포착해서는 안 되는 소식을 주
고받을 때 해파리가 그 신호를 중개합니다. 이유는 모르겠지
만 해파리들이 당신을 동료로 인정한 모양입니다."

하지만 내가 본 해파리는 하늘에 떠 있었다. 나는 구미에
서 포항으로 돌아오는 길에 고속도로 한복판에서 해파리에
쏘였다. 주변 어디에도 바다가 없는 장소였다. 나는 항의하
려 했다. 움직이려 했다. 여전히 목소리는 나오지 않았다. 마
음속으로 나는 몸부림쳤다. 현실에서 나는 고작 눈동자만
움직일 수 있을 뿐이었다.

"무엇인지도 모르면서 여러 가지를 감지하는 것은 위험한

일입니다. 살해당한 해양 생물들의 파장을 계속 받아들이는 것이 살아 있는 인간에게 어떤 영향을 끼치는지 아직 분석, 보고된 바 없으니 더욱 조심해야 합니다."

검은 덩어리가 조용히 경고했다.

"당신이 더 이상 연루되지 않기를 바랍니다. 그것이 서로에게 좋을 겁니다."

그리고 검은 덩어리는 방향을 돌렸다. 안경을 안 써서 자세히 보이지는 않았지만 자기 할 말만 다 하고 가버리려는 것이 분명했다.

"……저항하라고 했어요."

내가 간신히 입을 열었다. 그러나 실제로 입에서 나온 것은 단어가 아니라 그저 '으으으으…… 스으……'에 더 가까운 소리였다.

"예?"

방향을 돌리던 검은 덩어리가 다시 돌아섰다. 나는 온 힘을 다해 목소리를 짜냈다.

"저항하라고…… 했어요……."

목쉰 속삭임이었지만 이번에는 알아들을 수 있는 발음이 입에서 굴러 나왔다.

"빛나는 존재들이…… 물속에서 그렇게 말했어요."

내가 속삭였다. 검은 덩어리가 내 얼굴을 향해 몸을 굽혔다.

"인간에게 말한 게 아닙니다."

검은 덩어리는 몸을 똑바로 펴고 나를 내려다보았다. 한동안 나를 들여다보는 시선이 느껴졌다.

"……응?"

남편이 의자에서 몸을 뒤척였다.

"뭐라고 했어요?"

검은 덩어리가 나와 남편을 번갈아 바라보았다. 남편이 눈을 떴다. 검은 덩어리를 보고 남편은 천천히 위협적으로 몸을 일으켰다.

"무슨 일입니까?"

"우리는 철수합니다."

검은 덩어리가 여전히 낮은 목소리로 또박또박 말했다.

"두 분이 내 후임과 동료들과는 더 이상 만나지 않기를 바랍니다."

그리고 검은 덩어리는 돌아서서 가버렸다.

일본 정부가 방사능 폐수를 바다에 버리기 시작하자 일본

어민들이 가장 강하게 반발했다. 한국의 여러 정당도 이런 움직임을 응원했다. 일부 정당들은 연대단체를 만들어 일본 어민들을 방문했다. 나는 부산에서 열린 탈핵, 탈원전 집회에 참석했다. 해양 생물들이 인간에게 아무 기대를 걸지 않는다고 해서 저항하지 않을 수는 없는 노릇이었다.

부산은 물론 포항에 이웃한 울진과 경주에서도 많은 시민이 참가했다. 경주에서 왔다는 어느 시민은 열두 살과 열 살 된 두 아이를 키우는 엄마였다. 아파트 베란다에 나가서 창밖을 내다보면 원자력발전소가 보인다고 했다. 심지어 아이들끼리도 그런 이야기를 하며 걱정한다고 발언자는 말했다.

"학교에서 그런 얘기를 들었다며 우리 딸이 무섭다고, 이사 가자고 졸랐습니다."

그래서 발언자 부부는 아이들의 안전을 위해 고향을 버리고 삶의 터전도 버리고 이사를 가야 하는지 오랫동안 고민했다. 그리고 직장 문제로 쉽게 떠나지 못하는 사이에 방사능 폐수가 벌써 바다로 흘러들기 시작했다. 이야기하다 발언자는 결국 눈물을 억누르지 못했다.

"우리 아이들은 어떻게 하면 좋습니까!"

발언자가 외쳤다.

"우리 아이들의 미래는 어떻게 됩니까!"

집회에 참가한 사람들이 공감의 탄식을 하며, 한숨을 내쉬며 박수를 쳤다. 박수 치는 것 외에 대답할 수 있는 방법이 없었다.

그리고 우리는 행진했다. 어시장 앞을 지날 때 시장 상인과 손님들이 우리를 쳐다보았다. 방송차가 지나가자 얼굴을 찡그리며 귀를 막기도 했다. 아무도 욕하거나 덤벼들거나 물건을 던지지 않아서 그 점만은 다행이었다.

행진하며 나는 미래에 대해 생각했다. 인간이라면 누구나 겪을 수밖에 없는 노화와 고통과 돌봄과 상실의 미래에 이제는 방사능 오염으로 인한 질병과 장애의 두려움이 추가되었다. 나는 건강하지 않은 몸, 손상된 몸, 질병을 가진 몸, 죽어가는 몸으로 계속 저항할 수 있을지 생각했다.

그렇게 정리하니 대답이 좀 더 선명해졌다. 이미 누군가 하고 있는 일이었다. 이른바 '정상인'에 대비하여, 건강하지 않은 몸, 손상된 몸, 질병을 가진 몸으로 지속적으로 저항하는 사람들은 언제나 있었고 지금도 많이 있다. 생각해보면 남편도 그런 사람들 중 하나였다. 애초에 '정상인'이란 환상 속의 존재일 뿐이다. 현실의 인간은 다들 어딘가 손상되고 어딘가 완벽하지 못한 물리적 실체를 끌어안고 자기 방식으로 생존하기 위해, 존엄하기 위해, 자유롭기 위해 싸우고 있다. 그러니까 어떤 경우든 뭔가 요령이나 방식이 있을 것이다.

여기까지 차근차근 나아가니 바다가 죽는다, 우리도 함께 다 죽는다고 생각할 때보다 조금 덜 무서웠다.

안 무서워진 것은 아니다. 그저 조금 덜 무서워졌을 뿐이다.

서면역 광장에서 마무리 집회가 진행되었다. 집회라기보다 참가 단체들이 제각기 현수막이나 깃발을 펼쳐 들고 기념사진을 찍는 순서인 것 같았다. 나는 단체에 소속되어 참가한 게 아니었기 때문에 집으로 돌아가는 버스를 타기 위해 지하철역으로 향했다.

온몸이 땀투성이였고 가로수 그늘조차 숨 막히는 습기는 해결해주지 못했다. 나는 고개를 들어 나뭇가지 사이의 조각난 하늘을 바라보았다. 희고 둥근 구름 사이로 역시 하얗고 둥글게 빛나는 형체가 천천히 박동하며 떠가고 있었다. 형체는 길쭉하게 다리를 펼쳤다가 둥글게 오므라들며 구름 사이를 통과하여 태양을 향해 반짝이며 허공을 유영하다가 공기 중으로 녹아버리듯 사라졌다.

그래서 나는 알게 되었다.

아직 한밤중이었다. 구룡포는 어둡고 서늘하고 청량했다. 나는 아무도 없는 공영 주차장에 차를 세웠다. 남편은 차에 탄 뒤에 내가 시동을 걸자마자 잠들어서 시동을 끌 때까지 깨지 않았다. 나는 남편을 흔들었다. 남편은 조그맣게 신음하며 눈을 떴다.

"다 왔어요?"

내가 고개를 끄덕였다. 우리는 차에서 내렸다. 남편이 기지개를 켰다.

"꼭 이 시간에 꼭 여기여야 해요? 참 귀찮은 사람들이네······."

남편이 불평했다. 나는 '사람들'이 아니라고 말하고 싶었지만 그만두었다. 귀찮다는 측면에는 매우 동의했다. 우리는 어스름하게 가로등이 밝혀진 컴컴한 길을 건너갔다. 어둠에 잠긴 계단을 조심조심 오르기 시작했다.

용 조각상 앞에 검은 덩어리가 서 있었다. 검은 덩어리는 마음에 들지 않는다는 표정으로 눈을 가늘게 뜨고 계단을 헐떡이며 올라오는 나와 남편을 가만히 바라보았다.

"더 이상 연루되지 않는 게 좋을 거라고 말씀드리지 않았습니까?"

내가 먼저 용 조각상 앞에 도착했을 때 검은 덩어리가 조용히 말했다. 나는 허리를 꺾고 숨을 몰아쉬며 한 손을 휘둘렀다.

"좀…… 숨 좀……. 돌리구요……."

남편이 뒤를 이어 용 조각상 앞에 도착했다.

"아니, 꼭 이 오밤중에 사람을 불러내야 됩니까?"

남편이 항의했다. 검은 덩어리가 싸늘하게 대꾸했다.

"불러낸 적 없습니다."

"불러냈어요……. 댁이 불러낸 게 아닐 뿐이지."

내가 드디어 호흡을 정상화한 뒤 상체를 세우고 새까만 하늘을 가리키며 말했다. 그리고 여전히 못마땅한 표정의 검은 덩어리가 더 뭔가 말하기 전에 얼른 정리했다.

"그래서 지구 권력자들은 우주로 탈출할 궁리를 하고 있고, 선생님 나라 독재자는 선생님의 동료들을 지구 권력자들에게 팔아치웠고, 우주 해파리는 저항하고, 선생님은 제가 지구 권력자들한테 이런 걸 다 고해바칠까 봐 걱정돼서 저보고 빠지라는 거예요?"

검은 덩어리는 나를 가만히 바라보았다. 나도 지지 않고 마주 바라보았다. 너무 어두워서 검은 덩어리의 표정은 자세히 관찰할 수 없었다. 검은 덩어리는 그저 어둠 속에 서 있는 검은 덩어리일 뿐이었다.

검은 덩어리가 마침내 어쩔 수 없다는 듯이 고개를 끄덕였다.

"엄밀히 말하자면 내 나라 독재자는 아닙니다. 지구 인간이 말하는 국가 개념과 완전히 같지는 않습니다."

검은 덩어리가 내키지 않는 듯 설명했다.

그들의 행성은 지구와 비슷하지만 지구보다 바다 면적이 훨씬 넓다고 했다. 지구에서 바다는 행성 표면의 약 70퍼센트를 차지하고 있다. 그들의 행성은 약 90퍼센트 이상이 바다로 덮여 있었다. 그곳에서 육지 생물은 크게 발달하지 못했다. 그곳에서 해양 생물체는 같은 생물종이나 국가와 국경 개념보다는 수면 가까이 사는 종류와 깊은 물속에서 사는 종류, 따뜻한 물에 사는 종류와 찬물에 사는 종류, 수직 혹은 수평으로 먼 거리를 이동하는 종류와 그렇지 않은 종류 등 생활 방식에 따라 나누어졌다. 지성을 가진 해양 생물체는 그들의 행성 바닷속 깊은 곳에서 최초의 문명을 발달시

컸다.

"문어가 독재를 한 게 아닙니다."

검은 덩어리가 강조했다.

"우리 행성의 모든 문명이 언제나 독재 체제만 있었던 건
아닙니다."

그러나 인간이 그러하듯이, 물리적 실체를 가진 몸 안에
갇혀 고립된 자아를 가지고 살아가는 지적 생명체는 결국
자신의 주관에 따라 세상을 바라볼 수밖에 없다. 깊고 차가
운 물에 정착해 사는 생물종이 먼저 사회를 건설했으므로
그들은 따뜻한 해류를 따라 지속적으로 이동하는 생물종과
심해의 압력을 이겨내지 못하는 개체들을 포획해서 사고팔
았다. 같은 어류에 대한 이러한 취급에 반대하는 개체들 또
한 포획과 감금과 거래의 대상이 되었다.

"그럼 해양정보과는 언제 생겼습니까?"

남편이 끼어들었다.

"언제부터 지구에 와서 인간인 척한 겁니까?"

"난 지구에서 태어났습니다."

검은 덩어리가 무척 불쾌하다는 표정으로 바로 대답했
다. 그리고 남편이 뭔가 더 질문하려는 모습을 보고 말을

이었다.

"해양정보과는 지구상의 생명체와 우주 해양 생물체 양쪽의 이익을 위해 설립되었습니다. 그 정도만 알고 계시면 됩니다."

"1961년 이후겠네요."

내가 끼어들었다. 틀린 정보를 자신만만하게 내놓으면 상대는 대부분의 경우 내 말을 고쳐주려 하고 그러면서 내가 원하는 정보를 내놓는다. 나는 검은 덩어리도 똑같이 반응하기를 바라며 말했다.

"인간이 우주에 나갔다가 돌아올 수 있는 기술을 발전시킨 게 그 무렵이니까요."

검은 덩어리는 아쉽게도 내 계략에 걸려들지 않았다.

"그런 기술을 우주 전체에서 지구인이 처음으로 성공시킨 건 아닙니다."

검은 덩어리가 말했다. 나는 기다렸다. 그러나 검은 덩어리는 더 이상 자세한 정보를 흘리지 않았다.

"이젠 바다가 오염됐으니까 지구에서 철수하는 건가요? 다시는 안 돌아와요?"

내가 기다리다가 포기하고 물었다.

"나는 철수합니다. 우리가 전부 철수하는 건 아닙니다."

검은 덩어리가 신중하게 대답했다.

"지구는 우리가 교류를 맺고 있는 여러 바다 행성 중 하나일 뿐입니다. 나의 동료 생명체 중에서 지구로 탈출하는 쪽이 유리하다고 여겨지는 개체들이 있으면 나나 혹은 나의 후임이 이주 작업을 진행시킬 겁니다."

그리고 검은 덩어리는 흘끗 수평선을 바라보았다. 밤하늘이 동쪽 구석부터 검은색에서 남색으로 조금씩 변하고 있었다.

"지구인들은요?"

내가 다급하게 물었다.

"지구의 바다를 망친 사람들은요? 데리고 갈 거예요? 거기서 살게 해줄 거예요?"

검은 덩어리가 나를 잠시 바라보았다.

"그릇된 해양 생물들과 그릇된 조약을 맺었으니, 그릇된 인간들을 아마 누군가 데려가겠죠."

그리고 검은 덩어리는 뜻밖에도 싱긋 웃었다.

"아까도 말씀드렸지만 우리 행성의 문명은 차갑고 깊은 물속에서 발달했습니다."

나는 고개를 끄덕였다. 그것으로 충분했다. 그들의 차갑고 깊은 물을 그릇된 인간들로 오염시키는 것은 유감스러운 일이다. 그러나 그것도 그쪽의 '그릇된 해양 생물'들이 직접 내린 결정일 것이다. 여러 지적 생명체가 모여 살다 보면 어디에나 그릇된 존재들은 있게 마련이니 말이다.

"이제 가야 합니다."

검은 덩어리가 다시 수평선을 바라보았다. 그리고 용 조각상 위의 충혼탑을 가리켰다.

"가까이 오지 마십시오. 저 위로 올라가는 편이 안전할 겁니다."

그래서 나는 남편과 함께 계단을 올라가 구룡포 야옹이들 옆에서 지켜보았다.

검은 덩어리는 놀랄 만큼 빠르게 계단을 내려갔다. 공영 주차장을 지나 해변을 향해 거침없이 걸어갔다. 해변에 이르자 검은 덩어리는 정장을 입고 구두를 신은 채 그대로 한 걸음 한 걸음씩 바닷속으로 걸어 들어갔다. 무릎이 잠기고 허벅다리가 잠기고 허리가 잠겼다. 검은 덩어리는 양팔을 앞으로 뻗고 머리를 숙여서 매끄럽고 자연스러운 동작으로 바닷물 속에 진입했다. 그리고 그대로 사라졌다. 물거품도 물방울도 일어나지 않았다. 그가 사라진 자리에 조그맣게 일어났던 동그란 파문마저 밀려오는 파도에 휩쓸려 사라졌다.

물에 빠진 것이 아닐까, 하고 나는 진정 쓸데없는 걱정을 하기 시작했다. 그때 삼각형 등지느러미와 둘로 갈라진 꼬리가 수면 위로 떠올랐다.

이어서 타원형 얼굴과 장엄한 몸통이 물 위로 솟구쳤다. 점차 맑은 푸른색이 번져가는 새벽하늘에 비친 고래는 머리부터 꼬리 끝까지 한 점 얼룩도 없이 흑진주처럼 새까맣게 반짝였다.

검은 고래는 기울어가는 새벽 달 옆에 떠서 기다리는 우주선을 향해 날아올랐다. 둥글게 빛나는 우주선은 빨아들이듯 검은 고래를 삼켰다. 그리고 우주선은 길쭉하게 다리를 펼쳤다가 둥글게 오므리기를 반복하며 지구의 새벽을 통과하여 떠오르는 태양 앞에서 반짝이는 빛을 뿌리며 허공을 유영하다가 수평선 너머로 녹아버리듯 사라졌다.

우리는 구룡포 충혼탑 옆 해치상에 기대서서 고래와 함께 우주선이 사라지는 모습을 끝까지 지켜보았다.

"가요."

마침내 내가 남편에게 말했다. 남편이 말없이 고개를 끄덕였다.

누가 뭐래도 바다는 우리의 것이다.

우리가 지켜야 한다.

남편과 나는 손을 잡고 천천히 조심스럽게 계단을 내려가기 시작했다.

---

* 블라디미르 베르나드스키의 《자연과학자의 철학적 생각들》 중 〈정신권에 관한 짧은 글〉을 인용했다(원서 정보는 참고 문헌 참조).

2020년 코로나19 팬데믹이 한창일 때 위원장님과 연애를 하게 되어 나는 평생 처음 포항에 왔다. 위원장님은 포항에서 유명하다는 문어회 식당으로 나를 데려갔다. 나는 문어회라는 게 존재한다는 사실을 그때 처음 알았다. 회는 잘 다듬어 썰려서 접시 위에 문어 모양으로 배치되어 나왔는데 위원장님은 그 회를 먹으면서 '한 마리처럼 보이지만 두 마리'라고 진지하게 진단했다. 내가 어떻게 아냐고 물었더니 위원장님이 '한 놈은 맛이 갔고 다른 한 놈은 싱싱하다'라고 자신만만하게 대답했다. 내가 그 대사를 소설에 써도 되겠느냐고 물었고 위원장님은 허락했다. 그래서 나는 첫 단편 〈문어〉를 쓰게 되었다.

그러니까 이 소설의 대부분은 실화에 바탕을 두고 있다. 나는 한국비정규교수노조 소속이고 2018년에 우리 노조는 국회 앞에서 고등교육법 개정 농성을 했다. 군사정권 시절에 만들어진 '시간강사'라는 지위는 한 학기 단위로 고용되었다 해고되고, 1년 열두 달 중 4개월은 실직자 신세이고, 4대 보험은 꿈도 꾸지 못하고, 금융권에서는 무직자로 분류되어 대출도 받을 수 없고, 그러면서도 정규직, 즉 교수가 되고 싶으면 어떻게든 연구 실적과 각종 업적을 알아서 쌓고 자신을 고용해줄지도 모르는 교수들 그 누구에게도 밉보이지 않아야 하는 대학 내의 을 중에서도 을이다. 속칭 '강사법'이라고 하는 고등교육법 개정안은 이런 현실을 조금이라도 개선해보려는 노력의 결과였다. 강사 계약을 한 학기 단위가 아니라 1년 단위로 하고 방학 중에도 임금을 지급하고 강사의 교원 지위를 인정해서 조금이라도 더 안정적인 연구와 강의가 가능하도록 하자는 것이 고등교육법 개정안의 취지였다.

법안이 통과되자 예상대로 대학들은 2019년 고등교육법 개정안 실행을 앞두고 이제 이것저것 챙겨줘야 하는 골칫덩어리가 된 강사들을 해고하기 시작했다. 2020년 팬데믹이 덮쳐오면서 상황은 더욱 악화되었다. 〈문어〉는 2021년에 썼는데 앞부분 5~6쪽 정도는 실제로 모 대학교 농성장에서 쓰기 시작했다. 그 학교는 비정규교수노조 사무실을 폐쇄하고 노조를 탄압하고 있었고 이 외에도 '강사법'과 상관없이 기초과학 분야 학과를 폐쇄하고 정부에서 보조금이 나오는 실용학과로 바꾸겠다고 주장하는 등 여러 가지 기상천외한 상황을 만들고 있었다.

그래서 농성도 하고 데모도 하면서 나는 수업도 열심히 했다. 전공이 러시아 문학과 문화이므로 수업 시간마다 러시아 뉴스를 요약해서 학생들에게 러시아가 현재 어떻게 돌아가는지 알려주었다. 그래서 나는 수업 자료로 사용할 뉴스를 찾다가 러시아 정부가 흑해와 발트해 등 여러 바다를 다양한 방식으로 망가뜨리고 있다는 사실을 알게 되었다. 러시아는 우크라이나 크름반도를 2014년에 불법 점유했다. ('크름'반도는 러시아어 발음이다. 우크라이나 영토이므로 우크라이나어 발음으로 '크름'반도라고 표기하는 것이 맞다.) 크름반도는 전통적으로 식수가 풍부하지 않은 지역인데, 실제로 러시아는 크

름반도를 점유한 뒤에 우크라이나 정부가 본토에서 크름반
도로 식수를 전달하지 못하도록 막았다. 그리고 지하수를
찾는다며 흑해 바닥에 구멍을 뚫었다. 가스관 건설과, 이와
관련된 해양 오염 및 생태계 파괴도 전부 실제로 문제가 된
사실이다. 〈대게〉도 2021년에 썼기 때문에 소설은 아직 러
시아가 우크라이나를 침공하지 않은 시기를 배경으로 한다.
그러나 침공 바로 전해에 쓴 이야기를 다시 보니 무력 침공
과 전면전의 징조들이 그때부터 나타나고 있어서 마음이 아
프다.

참고로 〈대게〉에서 주인공(?) 이름으로 사용한 "예브게니"
는 19세기 러시아 낭만주의 시인 알렉산드르 푸시킨이 여러
작품에서 주인공에게 붙여주었던 이름이다. 러시아 문학에
서 가장 유명한 예브게니는 푸시킨의 동명 소설 주인공 "예
브게니 오네긴"일 것이다. 러시아 문학사에 '잉여인간'의 개
념을 소개한 작품인데 나는 사실 〈예브게니 오네긴〉은 별로
좋아하지 않는다. 그보다는 푸시킨의 다른 작품 〈청동기마
상〉에 나오는 예브게니의 이름을 러시아 노동대게에게 붙여
주었다. 〈청동기마상〉의 예브게니는 평범하고 소박한 삶을
꿈꾸었지만 독재적인 권력자가 늪지대를 개발하여 도시를

건설하는 바람에 홍수가 일어나 연인을 잃고 파멸한다. 〈청동기마상〉은 200년 전에 쓰인 작품이지만, 독재정권이 강제로 밀어붙이는 개발과 치적 사업, 이로 인한 기후 변화와 자연재해, 그리고 모든 생명이 이 때문에 함께 피해를 입고 죽어가는 상황이 현재 러시아의 현실과 비슷하다.

그래서 나는 2020년에 결혼하고 이듬해 포항으로 이주했다. 그때는 학교에서 수업을 하고 있었지만, 팬데믹이 아직 끝나지 않아서 대부분의 학교들이 원격 수업을 했기 때문에 포항에 거주해도 온라인 강의를 하는 데 지장이 없었다. 그리고 그해 말에 나는 남편의 암이 재발했다는 사실을 알고 학교를 그만두었다. 간병을 하면서 강의를 계속할 자신이 없었고, 억지로 모든 것을 다 하려다가는 학생들에게도 좋은 선생이 되지 못하고 남편 간병도 제대로 할 수 없다고 판단했기 때문이다. 12월 하순에 학기가 전부 끝나고 나서 여러 가지를 알게 되고 결정해서 학교에 사직서를 제출했기 때문에 학생들과 제대로 작별할 기회가 없었던 것이 무척 미안하다.

그리고 2022년 초, 남편의 입원 치료 일정을 알아보고 있던 시기에 시어머니가 갑자기 쓰러졌다. 정말 진심으로 무서웠다. 어머니 수술도 회복도 시간이 아주 많이 걸린 데다 동시에 남편이 치료를 받아야 했기 때문에 그 시기에는 병원 두 곳을 오가느라 정신이 하나도 없었다. 그리고 난데없이 부커상 국제 부문 후보에 오르는 바람에 나는 더욱 정신없는 삶을 살게 되었다. 2022년 5월 말에 부커상 행사를 위해 남편과 함께 영국에 갔는데 그때도 사실 남편은 귀국하자마자 입원 치료를 받을 예정이었다. 그리고 상은 못 타고 행사 후유증(?)으로 코로나19에 걸려서 남편과 함께 해외 미아가 돼버려서 나는 영국에서 매우 불행했다. 당시에는 한국행 비행기를 타려면 코로나19 음성 검사 결과 확인서가 필요했다. 그래서 나는 남편과 함께 영국에서 예정에도 없이 일주일간 더 머무르며 코로나19를 앓으며 검사받으러 다니며 비행기표를 취소하고 재예약하며 과연 귀국할 수 있을지, 남편이 암 치료를 받아야 하는데 때를 놓치는 건 아닌지 무서운 생각들에 시달려야 했다. 그래서 아직까지 영국을 원망하고 있다.

그래서 〈문어〉, 〈대게〉, 〈상어〉까지 쓰고 3부작으로 끝날 줄 알았는데 이야기를 몇 개 더 붙여서 책으로 내보자는 제안을 받았다. 〈상어〉는 《시사인》에 조금 짧게 줄인 버전으로 게재되기도 했다. 명절에 가족이 모였을 때 남편이 자기가 주인공이라며(!) 〈상어〉가 게재된 잡지를 자랑스럽게 나눠 주었다. 나는 그 옆에서 〈상어〉 다음에 뭘 써야 할지 모르겠다고 괴로워했다. 그랬더니 시동생이 〈개복치〉를 써보라고 제안했다. 마침 그 무렵에 와우북페스티벌에서 우연히 개복치에 관한 책도 발견해서 구입했다. (안톤 허 번역가를 처음 만난 곳도 와우북페스티벌이었는데, 와우북은 정말 좋은 행사다.) 그래서 〈개복치〉를 썼다. 예전에 잠수함에 대한 소설을 쓰려고 열심히 조사했던 적이 있어서 그때 공부해뒀던 내용을 살짝 사용했지만 주로 그냥 상상에 의존해서 썼다. 시댁은 화목하고 조카들이 귀엽다. 그래서 이 작품은 상당히 귀여운 내용이 되었다.

그리고 〈해파리〉와 〈고래〉에서는 검은 덩어리(?)들의 정체와 외계 생물 거래의 음모를 밝혀야겠다고 생각했다. 자꾸 전쟁을 일으키는 독재적 지배자나 환경을 파괴하는 국제적 부자 기업 소유주들이 지구를 마음껏 파괴해서 돈을 잔뜩 벌어서 자기는 유유히 외계 행성으로 가서 잘살면 된다고 미리 계획하고 그런 짓을 하는지는 알 수 없다. 그러나 나는 그놈들은 충분히 그럴 놈들이라고 생각한다.

〈해파리〉에 잠깐 언급되는 IC443은 쌍둥이 별자리에 있는 해파리성운의 학술적인 이름이다. 한국천문연구원에 따르면 해파리성운은 쌍둥이자리 중에서 형인 카스토르의 발목 부근에 있다고 한다. 그래서 〈해파리〉에서 화자가 구미 다녀오는 고속도로에서 우주해파리에게 발목을 쏘여 우주 생물들과 정신 감응(?)을 할 수 있게 되는 방향으로 이야기를 만들었다.

〈해파리〉와 〈고래〉는 내가 학교를 그만두고 예정에 없던 전업 작가가 되어 포항에서 살면서 삶의 관점이 어떻게 바뀌었는지 기록한 이야기들이기도 하다. 경북 지역에는 산업 단지가 많다. 남편이 비정규교수노조 위원장을 (맡아 두 번이나 연임한 뒤에) 그만두고 노동조합 상근자로 일하고 있어서 나는 포항 주변 여러 산업 단지에서 일어나는 문제들에 대해 알게 되었다.

예를 들면 경북 지역 산업 단지에는 외국 투자자 유치를 위한 구역이 따로 있다. 외국 투자자가 여기에 공장을 세우고 싶으면 해당 시에서 공장 부지를 공짜로 빌릴 수 있다. 소득세를 비롯해서 여러 가지 세금도 감면해준다. 외국 투자자는 이렇게 각종 특혜를 받고 특별 단지에 공장을 세운 뒤 한국 노동자를 고용해서 공장을 운영하고 그 수익은 자기 나라로 가져간다. 한국 정부도 시 정부도, 외국 기업이 대한민국 땅을 공짜로 사용하고 세금도 감면받으면서 한국에서 낸 수익을 외국으로 가져가는 걸 막지 않는다. 그런데 외국 투자자는 한국 노동자들이 노동조합에 가입을(가입만) 하거나, 수익이 조금이라도 적어지거나, 하다못해 회사 주가라도 조금 떨어지면 공장을 닫고 (보험금 등등 챙길 거 다 챙겨서) 자기 나라로 돌아가버린다. 그러면 한국 노동자들은 실업자가 된다. 지방자치단체도 대한민국 정부도 외국 투자자에게 공짜로 빌려줬던 공장 부지나 그동안 감면해줬던 세금을 뱉어내라고 하지 않는다. 외국 투자 기업은 단물만 쏙 빨고 해당 지역에 실업자만 대량으로 양산한 뒤에 나가버리면 그만이다.

문자 한 통으로 날아온 부당해고, 갑작스러운 공장 폐쇄에 맞서 싸우는 분들 곁에서 나는 여러 가지 생각을 하게 되었다. 주로 춥거나 덥고 배고프고 허리 아프다는 생각이었지만 (데모가 원래 그렇다) 탄압당하고 해고당한 당사자분들의 경험담을 듣다 보면 울화통이 터졌다. 어떻게 국가와 법 제도가 일하는 사람을 이렇게까지 무시할 수가 있나, 자기 힘으로 일해서 먹고사는데 왜 이런 취급을 받아야 하나, 이런 분노가 매번 치솟았다.

그리고 내가 비정규직으로 일하고 있었을 때 이렇게 싸울 방법이 있었다면 그렇게 숨죽이고 12년 동안 시키는 대로 하면서 살지는 않았을 것이라는 생각도 많이 했다. 내가 일했던 학교에는 노조 분회가 없어서 나는 노동자로서, 당사자로서 임금 협상이나 단체 행동을 단 한 번도 경험해보지 못했다. 이런 건 자랑이 아니다. 근로자로서 굉장히 중요한 경험을 못 해본 것이다. 아쉬운 일이다.

그리고 2022년에 러시아는 우크라이나를 침공했고, 일본은 원전 폐수를 바다에 버리고, 2023년에도 러시아는 전쟁을 중단하지 않고, 한 술 더 떠서 이스라엘이 가자 지구 민간인들을 학살하고, 미국은 이스라엘에 무기를 대주며 폭격 중단에 반대한다. 세상은 왠지 점점 나빠지는 것 같다.

북한이 발사한 미사일이 '다행히' 바다에 떨어졌다는 뉴스를 보며 나는 생각한다. 바다 생물들이 아무것도 모르는 채로 얼마나 많이 죽었을까. 머리 위에서 죽음이 떨어져 세상을 부수고 내 삶의 터전을 뒤흔들면 얼마나 무서울까. 인간 입장에서 미사일이 바다에 떨어지는 건 다행이지만, 바다 생물 입장에서는 재앙일 것이다. 아예 미사일 같은 걸 발사하지 않으면 인간과 바다에 다 좋을 텐데. 내가 아무리 노력해서 세제를 덜 쓰고 분리수거를 열심히 해도 이렇게 악의 무리가 거대한 규모로 환경을 파괴하는 데는 혼자서 대항할 방법이 없다. 속상하다.

내가 원래부터 바다나 환경 문제에 관심이 많았던 것은 아니다. 포항에 와서 살게 되면서 환경이 달라지니까 자연스럽게 관심을 갖게 되었다. 그래서 이 작품집 제목은 사실 "포항 소설"로 하고 싶었다. (포항시에서 왠지 아주 좋아할 것 같았다.) 그렇지만 래빗홀 편집부 여러분도 반대하고 남편도 반대하고 다들 그런 제목으로는 책 안 팔린다고 말려서 나는 제목을 정하지 못하고 오랫동안 고뇌의 시간을 보내야 했다. 내가 쓴 소설이지만 제목 정하기 진짜 너무 어렵다.

그래서 "포항 소설"을 제목으로 쓰지 못하게 되었으니 포항 자랑으로 '작가의 말'을 마무리하고자 한다. 동해안 지역은 정말 예쁘다. 바다는 어디나 다 아름답지만 포항은 포스코가 있어서 공업 지대의 풍경과 바다의 절경이 어우러져 송도해변에서 포스코와 해수욕장을 번갈아 바라보면 이거야말로 미래 SF 도시 같다. 포항 근처에는 대게로 유명한 영덕과 울진이 있다. 영덕과 울진은 대게가 싸고 맛있기도 하지만 사방에 게 조형물이 있어서 게 조각상 구경 다니는 것도 재미있다. 그리고 포항에서 차로 30분 거리에 경주가 있다. 나에게 경주는 어렸을 때 수학여행으로 학교에서 관광버스 대절해서 대여섯 시간씩 멀미하면서 가던 곳이었는데 포항에 오니까 경주가 바로 옆 동네가 돼서 무척 신기하다. 경주 박물관에 가면 신라가 황금의 나라였다는 사실을 확인할 수 있다. 유물들이 전부 금이고 휘황찬란하다. 그런데 신라 사람들은 황금보다는 고양이에 매우 집착했던 것 같다. '호랑이'나 '해태'라는 이름을 붙여 만든 미술품들을 가만 보면 다 고양이다. 아주 귀엽다.

포항에서 강원도까지 동해안을 여행하면서 나는 서울에서만 살고 한국 전체를 서울 중심으로만 생각할 때는 전혀 볼 수 없었던 내 나라의 아름다움을 새롭게 발견했다. 경북 지역 농수산물 특산품 판매 사이트 이름은 '사이소'*이다. 다른 지역 특산품 판매 사이트들은 그냥 평범하게 지역 이름에 '쇼핑몰'을 붙이는데 '사이소'는 경북의 특성을 잘 보여주는 강렬한 이름을 가지고 있다. 맛있는 거 많이 팔고 배송도 빠르니까 포항에 놀러 오실 시간이 없다면 사이소라도 구경해보시면 좋겠다.

비인간 생물들이 없어지면 인간도 죽는다. 자연이 죽으면 인간도 죽는다. 태풍과 산불이 그 사실을 증명한다. 그러니 우리는 기후 위기에 당장 대응해야 하고, 더 적극적으로 대응해야 한다. 그것이 지구 생물체 모두가 살아남는 길이다. 항복하면 죽는다. 우리는 다 같이 살아야 한다. 투쟁.

2024년 1월

정보라

* https://www.cyso.co.kr/

참고 문헌

강돈혁·김정훈·임선호, 〈남해 연안에 분포하는 해파리(Aurelia aurita, Cyanea nozakii)의 복수 개체에 의한 음향 표적강도 특성〉, *Ocean and Polar Research*, vol. 32, no. 2, 2010, pp. 113~122.

구정모·명현, 〈무인기를 이용한 심층 신경망 기반 해파리 분포 인식 시스템〉, 《로봇학회 논문지》, 통권 46호, 2017, pp. 432~440.

사와이 에쓰로, 《개복치의 비밀》, 조민정 옮김, 이김, 2018.

황두진·윤은아, 〈한국연안에 있는 보름달물해파리의 체내 음속과 밀도 평가〉, 《수산해양기술연구》, 제49권, 4호, 2013, pp. 483~491.

Вернадский В. И. *Философские мысли натуралиста*. М.: Академический Проект, 2013.

Светлана Алексиевич, *У войны не женское лицо*, М.: Время, 2009.

지구 생물체는 항복하라

정보라 연작소설집

초판 1쇄 2024년 1월 29일
초판 4쇄 2024년 3월 28일

지은이 | 정보라

발행인 | 문태진
본부장 | 서금선
책임편집 | 최지인 래빗홀 | 이은지 장서원

기획편집팀 | 한성수 임은선 임선아 허문선 이준환 송은하 송현경 유진영 원지연
마케팅팀 | 김동준 이재성 박병국 문무현 김윤희 김은지 이지현 조용환 전지혜
디자인팀 | 김현철 손성규   저작권팀 | 정선주
경영지원팀 | 노강희 윤현성 정헌준 조샘 이지연 조희연 김기현
강연팀 | 장진항 조은빛 신유리 김수연

펴낸곳 | ㈜인플루엔셜
출판신고 | 2012년 5월 18일 제300-2012-1043호
주소 | (06619) 서울특별시 서초구 서초대로 398 BnK디지털타워 11층
전화 | 02)720-1034(기획편집) 02)720-1024(마케팅) 02)720-1042(강연섭외)
팩스 | 02)720-1043 전자우편 | books@influential.co.kr
홈페이지 | www.influential.co.kr

ISBN 979-11-6834-163-0 (03810)